심청전

어두운 눈을 뜨니 온 세상이 장관이라

6

심청전
어두운 눈을 뜨니 온 세상이 장관이라

전국국어교사모임 기획 · 정출헌 글 · 배종숙 그림

Humanist

'국어시간에 고전읽기' 시리즈를 펴내며

고전을 읽어야 한다는 가르침은 어릴 때부터 귀가 따가울 만큼 들었다. 그러나 몸소 이를 따르는 사람은 흔치 않다. 종종 고전을 가까이하는 사람들이 있는데 이들은 대체로 삶을 헛되이 보내지 않고 훌륭한 일을 이루어 세상에 뚜렷한 이름을 남겼다. 고전 안에 그만큼 값진 속살이 들어 있기 때문이다.

고전이 이처럼 깊은 가치를 지녔는데 어째서 고전을 읽는 사람은 흔치 않을까? 아마도 고전이 사람을 쉽게 끌어당겨 주지 않기 때문일 것이다. 고전은 우리에게 섣불리 손짓을 하지도, 눈웃음을 치지도 않는다. 고전은 끈기를 가지고 파고들어 오는 사람에게만 마지못한 듯이 웃음을 지으며 속내를 털어놓는다. 고전은 요즘보다 훨씬 무뚝뚝하던 옛날에 이루어진 삶이며 글이기 때문이다.

그래서 우리는 청소년들이 고전을 즐겨 읽을 수 있도록 마음을 다했다. 뻣뻣하고 까칠한 고전을 달래서, 부드럽고 친절하게 청소년을 끌어당기도록 손을 쓰고 공을 들였다. 멋없이 무뚝뚝하던 고전을 정성껏 매만져서 두 팔을 활짝 벌리고 청소년들을 끌어안을 수 있도록 탈바꿈했다.

고전은 이제 온전히 겉모습을 바꾸어 청소년들을 맞이할 것이다. 자칫 속살까지 탈바꿈한 것처럼 보일지 몰라도 책을 읽다 보면 예스러운 고전의 맛과 멋을 한껏 느낄 수 있을 것이다. 우리는 무엇보다도 고전이 고전다운 속내와 뼈대를 온전하게 지니도록 하는 데 힘을 쏟았다.

고전은 시공간을 뛰어넘고, 나라와 겨레를 뛰어넘어 세상 모든 사람에게 큰 울림을 준다. 《시경》, 《탈무드》, 《오디세이아》, 셰익스피어와 괴테의 작품이 세상 모든 이에게 가르침을 주듯이, 우리의 고전도 모든 이에게 값진 가르침을 줄 것이다. 가르침이 서로 다르기는 하지만 높낮이가 있는 것은 아니다. 그러므로 세상 고전을 두루 읽어야 하는 것이나, 우리는 우리네 고전부터 읽는 것이 마땅한 차례다.

이런 뜻으로 전국국어교사모임에서 '국어시간에 고전읽기' 시리즈를 펴낸 지 십 년이 되었다. 누구나 두루 즐기며 읽을 수 있도록 쉽게 풀어 쓰고 맛깔나고 재미있는 작품으로 재창조하려고 무던히도 애썼다. 다행히도 많은 독자로부터 분에 넘치는 사랑을 받았고, 우리 고전을 가까이하고 즐기는 청소년들이 많이 늘어 고마울 따름이다.

지난 십 년처럼 묵묵하게 이 시리즈를 이어 갈 생각으로 첫 마음을 되새기며 글과 그림을 더하고 고쳐 좀 더 새로운 얼굴의 우리 고전을 세상에 다시 내놓으려 한다. 이 책을 통해 우리 청소년들이 풍성하고 가치 있는 고전의 바다에 풍덩 빠질 수 있기를 기대해 본다.

2012년 11월
전국국어교사모임

《심청전》을 읽기 전에

우리는 지금 《심청전》의 세계로 빠져들까 합니다. 그 전에 심청이를 한번 떠올려 볼까요? 생각할수록 심청이는 참 어리석어 보입니다. 아버지 눈을 뜨게 하려고 바다에 자신의 몸을 던지고 말았으니까요. 산목숨을 눈과 바꾸는 게 과연 현명한 선택일까요? 게다가 인당수에 바칠 제물로 심청이의 몸이 팔렸다는 사실을 안 장 승상 댁 부인이 심청이를 불렀더랍니다. 쌀 삼백 석을 줄 테니, 남경 상인에게 받은 쌀은 돌려주라고. 하지만 심청이는 거절했지요. 도움의 손길을 마다한 채 인당수로 갔으니 어찌 바보가 아니겠습니까? 여러분이라면 어떻게 했을까요? 아마 대부분 장 승상 댁 부인의 도움에 감사해 하며 쌀 삼백 석을 받았을 겁니다.

　그러고 보니 심청이가 제안을 거절한 까닭이 궁금해지네요. 그 이유는 이러했답니다. 첫째, 아무런 명목도 없이 남의 도움을 받을 수 없다. 둘째, 정성을 다해야 하는 공양미를 남에게 빌려서 바칠 수 없다. 셋째, 예전에 남경 상인과 했던 약속을 이제 와서 어길 수 없다. 어때요? 거절한 이유가 타당한가요? 아마, 그렇지 않을걸요. 보통 사람은 생각하기도, 납득하기도 어려운 이유를 들어 눈먼 아버지를 홀로 남겨 둔 채 죽음의 길로 들어섰던 거랍니다. '효녀 심청' 대신 '바보 심청'이라고 부르고 싶을 정도네요.

　그런데 고전 소설의 주인공들 가운데는 바보가 참 많은 것 같군요. 한양으로 올라간 뒤 편지 한 장 없는 무정한 낭군을 목숨 걸고 기다린 춘향도 바보였지요. 어디 이뿐인가요? 욕심 많은 형이 아무리 모질게 구박해도 원망 한 점

없이 착하게만 살아간 흥부도 마찬가지였지요. 춘향이도 흥부도, 우리의 심청이도 모두 바보였던 겁니다.

그렇기 때문에 그들은 쉽게 잊히지 않는 우리 시대의 영웅이 될 수 있었습니다. 어떻게 그럴 수 있었을까를 살펴보면 거기에 판소리계 소설의 비밀이 감춰져 있습니다.

자, 이제 우리 모두 '바보 같은 사람'이 '우리 시대의 주인공'으로 되살아나는 《심청전》의 세계 속에 빠져 봅시다. 가없는 바다 한복판에 심청이 자기 몸을 풍덩 던졌듯이.

2013년 10월
정출헌

차례

아이고, 아버지!

심청은 죽거니와

아버지는 눈을 떠 천지 만물을 보옵소서

나 죽기는 섧지 않으나

혈혈단신 우리 아버지 누구를 의지하실꼬

심 봉사 부부가 늦게 얻은 딸

송나라 말년 황주 도화동에 소경 한 사람이 살았는데, 성은 심이요 이름은 학규였다. 심학규는 대대로 벼슬을 지낸 이름난 가문의 자손이었지만, 운이 다했는지 가세가 점점 기울어 갔다. 엎친 데 덮친 격으로 나이 스물에 눈병을 얻어 앞을 못 보게 되니, 벼슬하기는 아예 가망이 없고 집에 드나들던 사람들도 하나둘 떨어져 나갔다. 심학규가 이제 '심 봉사'가 되었는데, 너나 할 것 없이 권력 좋아하는 세상에서 누가 그를 따르고 대접하겠는가? 하지만 심 봉사는 그러한 처지에서도 양반의 후예임을 잊지 않고 행실을 바르게 하고 곧은 마음을 지키니, 사람들이 어진 군자라며 칭송했다.

심 봉사의 아내 곽씨 부인도 현모양처라, 덕과 지혜와 고운 자태를 두루 겸비한 여인이었다. 남편을 공경하고, 이웃과 화목하게 지내고,

집안 살림을 알뜰히 가
꿨다. 하지만 심 봉사가 돈
을 벌지 못하고, 물려받은 재
산마저 없다 보니 끼니조차 잇기 어려웠
다. 송곳을 세울 만큼의 땅도 없고 집안에 일손 하나 없는 처지라, 곽씨
부인은 눈먼 가장을 대신해 몸소 삯바느질 품팔이를 해서 겨우겨우 집
안을 꾸려 갔다.

관대, 도포, 두루마기, 마고자, 중치막과 남녀 의복
잔누비질, 쌍침질, 외올뜨기, 시침질에 빨래하고 풀 먹이기,
망건 꾸미기, 갓끈 접기, 단추 달기, 버선 짓기에,
줌치, 쌈지, 복주머니, 향주머니, 붓 주머니 다 만들고,
금침 베갯모에 원앙새 수 놓기, 관복 흉배에 학 수 놓기,
명주, 갑사, 모시, 삼베, 무명에 갖은 길쌈, 염색하기,
초상난 집 손 치르기, 혼사집에 음식 장만.

이렇게 일 년 삼백예순 날을 하루도 놀지 않고, 손톱 발톱 다 닳도
록 품을 팔아 돈을 모았다. 한 푼 두 푼 모아 열 푼을 만들고, 한 돈
두 돈 모아 열 냥을 만들고, 한 냥 두 냥 모아 관돈을 만들어서 착실

한 이웃집에 빚을 주고 실수 없이 받아들였다. 모은 돈으로는 때맞추어 제사 지내고 앞 못 보는 가장 공경하는 것이 언제나 한결같으니 남녀노소 할 것 없이 모든 이웃이 곽씨 부인을 칭찬했다.

그러던 어느 날, 심 봉사가 곽씨 부인을 불렀다.

"여보, 마누라!"

"예."

"사람이 세상에 나서 누군들 제짝이 없겠소?"

"그렇습지요."

"그렇지만 자네는 전생에 무슨 모진 죄를 지어 앞 못 보는 나와 부부가 되어 이처럼 고생을 하는가? 손발이 부르트도록 밤낮으로 돈을 벌어 어린아이 받들듯이 행여 배고플까, 행여 추워할까, 의복과 음식을 때맞추어 주니, 나는 편하지마는 자네 고생하는 모습에 마음이 아프구려. 이제 내 뒷바라지는 그만하고, 사는 대로 그저 살아가세."

"그런 말씀 마세요. 부부가 되었다가 한쪽이 불행하다 하여 사람의 도리를 저버리겠습니까? 제가 만일 불행해지면, 영감은 나를 버리시렵니까?"

"어허, 자네의 말을 들어 보니, 그렇기도 하겠구려."

심 봉사는 곽씨 부인의 어진 말을 듣고 보니, 더 할 말이 없었다. 그래도 무언가 할 말이 남은 듯 입속말로 웅얼거리니 곽씨 부인이 다시

• 소경 눈먼 사람, 봉사.
• 관돈 열 푼은 한 돈이고, 열 돈은 한 냥이다. 열 냥은 관돈이라고 한다.

묻는다.

"왜, 무슨 하실 말씀이 있으신가요?"

"으음, 에헴, 다름이 아니라……."

"에구, 답답해라. 무슨 말이든지 해 보시구려."

"참으로 민망하지만 내 말하리다. 자네 시집온 지 벌써 스무 해가 넘었건만, 아직 슬하에 자식이 없으니 갑갑하기 그지없구려. 조상 제사가 우리 대에 이르러 끊어지게 되었으니, 죽어서 지하에 간들 무슨 면목으로 조상님을 대하겠소? 하물며 우리가 죽으면 그 누가 장사를 치러 주고 해마다 돌아오는 제삿날에는 또 누가 밥 한 그릇 물 한 모금 떠 놓겠소? 이름난 절에 가서 불공을 드려 아들이건 딸이건 눈먼 자식이라도 하나 얻으면 평생 여한이 없을 테니 지성으로 빌어 보는 게 어떠하겠는가?"

곽씨 부인은 자리를 고쳐 앉아 대답한다.

"옛글에 이르기를 삼천 가지 죄 중에 불효보다 큰 것이 없고, 불효 중에는 자식을 낳지 못하는 것이 가장 크다 했습니다. 우리에게 자식 없는 것은 모두 저의 죄이지요. 저 역시 자식을 두고 싶은 마음 간절하니 그 무엇인들 못하겠습니까? 정성을 다해 빌어 보겠나이다."

그날부터 곽씨 부인은 품을 팔아 모은 재물로 정성 드릴 준비를 한다. 이름난 산과 강을 찾아가 굿을 하고, 큰 절과 오래된 성황당에서 불공을 드렸다. 이렇듯 자식 낳는 데 효험이 있다는 곳이라면 어디든 찾아다니고, 집에 있는 날에도 정화수를 떠 놓고 극진히 비니, 공든 탑이 무너지며 뿌리 깊은 나무가 쓰러질까? 과연 이듬해 사월 초파일

밤에 곽씨 부인이 기이한 꿈을 꾸었다.

신비로운 기운이 공중에 서려 있고, 오색영롱한 빛이 눈부신 가운데 한 선녀가 학을 타고 내려온다. 몸에는 화려한 옷을 두르고, 머리에는 꽃으로 장식한 모자를 쓰고, 아름다운 노리개를 쟁그랑거리면서 내려오는데 계수나무 한 가지를 손에 들고 있었다. 달의 기운이 품 안에 달려드는 듯, 남해 용이 바다에서 넘노는 듯, 곽씨 부인은 황홀해 정신이 아득해졌다.

선녀가 부인을 보고 공손히 절을 한 뒤, 나긋나긋한 목소리로 말을 한다.

"저는 본디 서왕모의 딸로서, 북두칠성의 첫째 별이신 문창성(文昌星)과 혼인을 약속한 사이옵니다. 남편이 옥황상제의 명을 받아 인간 세상에 내려왔으니 저도 그 뒤를 따라왔습니다. 몽은사 부처님이 이 댁으로 가라 하시기에 찾아왔으니 어여삐 여겨 받아 주옵소서."

말을 마치고는 부인의 품으로 와락 달려든다.

곽씨 부인이 놀라 깨어 보니 꿈이었다. 즉시 심 봉사를 깨워 꿈속에서 있었던 일을 자세히 이야기하니, 심 봉사 역시 같은 꿈을 꾼 것이 아닌가. 부부가 서로 기뻐하며 태몽이 아닐까 기대하고 있었는데, 과연 그달부터 태기가 있었다. 곽씨 부인은 몸가짐을 더욱 바르게 했다. 부정한 곳엔 앉지 않고, 부정한 것은 먹지 않으며, 부정한 소리는 듣

* 서왕모(西王母) 중국 전설상의 선녀로 곤륜산에 살고 있는데, 주나라 목왕과 한나라 무제 등이 그에게 먹으면 불로장생한다는 신선 세계의 복숭아, 선도(仙桃)를 얻었다고 전한다.

지 않고, 부정한 것은 보지 않으며, 가장자리에 서지 않고, 모로 눕지도 않았다. 그렇게 태교하기를 열 달이 지난 어느 날 드디어 아기 태어날 기미가 보였다.

"아이고, 배야! 에구, 허리야!"

눈먼 심 봉사 한편은 반갑고 한편은 겁이 나 허둥지둥하다가 마음을 겨우 가라앉히고 소반에 정화수 한 그릇을 떠 놓고 단정히 꿇어앉아 비는데,

"비나이다, 비나이다. 삼신님께 비나이다. 사십 넘은 출산이니, 헌치마에 오이씨 빠지듯이 순산하게 해 주옵소서."

정성껏 빈 덕분인지 선녀가 환생한 덕분인지, 집 안에 향기가 가득하고 정신이 혼미해지더니 큰 어려움 없이 순산을 했다. 심 봉사가 더듬더듬 아기를 자리에 눕히니, 곽씨 부인이 겨우 정신을 차려 물었다.

"여보, 영감! 아들이오, 딸이오?"

심 봉사 기뻐하며 아기의 아랫도리를 만져 보니 손이 나룻배 지나가듯 거침없이 지나갔다. 봉사들은 섭섭한 일을 보면 그저 웃는다.

"허허, 아마도 묵은 조개가 햇조개를 나았나 보구려."

곽씨 부인 낙담해 하는 말이,

"이 일을 어쩔거나? 늙어서 겨우 낳은 자식이 딸이란 말이오?"

그러나 정 많은 심 봉사가 곽씨 부인을 위로한다.

"이보게, 임자! 그런 말

하지 마오. 우선은 순산했으니 다행이고, 딸자식이라도 잘 키우면 열 아들이 부럽겠는가? 우리 이 딸을 고이 길러 예의범절 가르치고, 바느질 길쌈 두루 잘하는 요조숙녀로 키워 봅시다. 그리하다 나이가 차서 좋은 짝을 얻어 주면 사위도 우리에게 효도하지 않겠소? 허허허!"

말을 마친 심 봉사는 첫국밥을 얼른 지어 삼신상에 받쳐 놓고 의관을 정제한 뒤 정성껏 빌어 보는데, 딸이라도 귀한 자식인지라 기쁜 마음에 삼신님 배라도 가를 듯이 우렁찬 목소리로 빈다.

• **첫국밥** 아이를 낳은 뒤에 산모가 처음 먹는 국과 밥.
• **삼신상**(三神床) 아기를 낳은 뒤에 삼신에게 올리는 상. 쌀밥과 미역국을 차려 놓고 아기의 무병장수를 빌고 나면 산모가 먹는다.

"비나이다, 비나이다. 삼신전 제석님들 모두 굽어 살피소서. 전생에 죄가 많아 눈멀고 자식 없어 밤낮으로 한탄했더니, 하늘이 감동하고 부처님이 점지하사, 사십 넘어 얻은 딸이 열 아들 같사오니, 긴긴 목숨, 갖은 복을 주옵시고, 효성이며 덕성이며 재주를 다 갖추고, 오이 크듯 가지 크듯 잔병 없이 쑥쑥 크게 해 주옵소서."

손을 싹싹 비비면서 몇 번을 절한 후에 더운 국밥을 퍼서 산모를 먹여 놓고는, 심 봉사 귀한 마음에 아직 물도 마르지 않은 아기를 안고 얼러 본다.

둥둥둥 내 딸이야, 어허둥둥 내 딸이야,
금자동아, 옥자동아,
금을 준들 너를 사며, 옥을 준들 너를 사랴?

둥둥둥 내 딸이야, 어허둥둥 내 딸이야.
표진강의 숙향이가 네가 되어 환생했나,
은하수 직녀성이 네가 되어 내려왔나?

둥둥둥 내 딸이야, 어허둥둥 내 딸이야.
논밭을 장만한들 이보다 반가우며,
진주를 얻었다 한들 이보다 반가울까?
어디 갔다 이제 왔느냐, 어허둥둥 내 딸이야.

어머니
곽씨 부인은 죽고

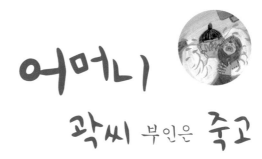

딸을 얻은 심 봉사 부부의 즐거움도 잠시, 곽씨 부인이 산후 탈이 났다. 부지런한 곽씨 부인이 해산한 지 이레도 못 되어, 찬물에 빨래하랴 밥 지어 먹이랴 온갖 집안일로 찬 바람을 많이 쐬어 병이 난 것이다.

"아이고, 배야! 아이고, 머리야! 아이고, 팔이야! 아이고, 다리야!"

온몸에 안 아픈 구석이 없으니 심 봉사는 기가 막혀, 아픈 데를 주물러도 보고 두드려도 보며 걱정한다.

"여보, 임자! 정신 차리고 말을 해 보오. 먹은 것이 부실해서 그런가, 정성이 부족해 삼신님이 노하셨는가?"

심 봉사의 걱정도 소용없이 병세가 점점 깊어지니, 곽씨 부인은 길게 한숨을 내쉬며 울음 섞인 말을 잇는다.

"아이고, 영감! 우리 둘이 서로 만나 백년해로 기약할 때, 그때 먹은 마음 한 번도 변치 않아 앞 못 보는 가장께서 불편할까 걱정하고 이리저리로 품을 팔아 식은 밥은 내가 먹고 더운밥은 가장 드려 극진 공경했는데 하늘도 무심하네. 천명이 이뿐인가? 내가 지금 죽으면 눈을 어이 감고 가며, 애통함을 어이하리? 눈 어둔 우리 가장 사고무친 혈혈단신 의지할 곳 없는데, 뉘라서 헌 옷 기워 주며, 뉘라서 아침저녁 끼니를 챙겨 줄까? 바가지 손에 들고 지팡이 부여잡고 더듬더듬 나가다가 구렁에도 빠지고 돌에도 채이고, 엎어지고 자빠져서 신세 한탄 우는 모습, 눈앞에 선하네. 집집마다 찾아가서 밥 달라는 슬픈 소리, 귀에 쟁쟁 들리는 듯하네.

아이고, 서러워라! 명산대찰 불공 드려 사십에 낳은 우리 딸, 젖 한 번 못 먹이고 얼굴도 채 못 보았는데 이것을 두고 어떻게 가나? 전생에 무슨 죄로 이승에 생겨나서, 어미 없는 어린것이 뉘 젖 먹고 자라날까? 애고애고, 슬픈지! 멀고 먼 황천길에 눈물겨워 어찌 가며, 눈에 밟혀 어찌 갈꼬?"

"여보, 임자! 그런 말 다신 마오. 병든다고 다 죽겠소. 그런 말 그만하고, 먼지 털듯 툴툴 털고 벌떡 일어나오."

그러나 곽씨 부인은 더 살지 못할 줄을 짐작해 남편의 손을 부여잡고 차근차근 유언을 남긴다.

"우리 부부의 인연, 이게 끝인가 봅니다. 지금부터 하는 말을 잘 들

• 사고무친(四顧無親) 의지할 만한 사람이 아무도 없고 사방을 둘러보아도 친척이 없다는 뜻.

고 그대로 지켜 주오. 저 건너 이 동지 집에 돈 열 냥 맡겼으니 그 돈 찾아 초상에 보태 쓰고, 아이 낳고 몸 푸는 동안 먹을 쌀을 독 안에 두었는데 못 다 먹고 죽으니 양식으로 쓰옵소서. 진 어사 댁 관복을 지어 흉배에 수를 놓고 보에 싸서 농에 넣어 두었으니, 찾으러 오거든 남의 집 귀한 옷 잊지 말고 내어 주소. 건넛마을 귀덕 어미와 절친하게 지냈으니, 우리 딸 안고 가서 젖을 먹여 달라 하면 모른 척은 아니 할 것이오. 훗날 이 자식이 천만다행 죽지 않고 자라나서 제 발로 걷거들랑 길을 물어 앞세우고 내 무덤에 찾아와서 '아가 아가, 이 무덤이 네 어미 무덤이다.' 하며 모녀 상봉이나 시켜 주오.

저 아이 이름은 청이라고 지읍시다. 청(晴) 자는 눈망울 청 자, 우리 부부 평생의 한이 앞 못 보는 것이오니 이 자식이 자라나면 아비 앞을 인도하는 눈이 되라고 청이라 합시다. 내가 끼던 이 옥가락지를 청이에게 주어 먼 훗날 저세상에서 우리 모녀가 만나면 알아볼 수 있게 해 주오. 여보 당신, 내가 복이 없어 어린 자식 남겨 두고 떠나니 슬프다고 몸 상하게 하지 말고 부디 건강하옵소서. 못다 이룬 우리 인연 다음 생에 다시 만나 백년해로하십시다."

곽씨 부인은 말 한마디 한마디에 숨이 차고 힘이 빠지는데, 마지막으로 겨우 정신을 차려 어린아이를 끌어안아 볼을 맞대어 본다.

"하늘도 무심하고 귀신도 야속하다. 네가 진작 생기거나 내가 좀 더 살거나. 너를 낳자 내가 죽으니, 칠 일 만에 죽은 어미 그 설움을 네가 어찌 감당할꼬. 뉘 젖 먹고 자라나며, 뉘 품에서 잠을 자리. 애고, 불쌍한 내 새끼야, 어떻게 생겼는지 얼굴이나 한번 더 보자. 이것이 마지막이다. 어미의 마지막 젖이나마 먹고 어서어서 자라거라."

두 줄기 눈물이 부인의 야윈 낯을 흠뻑 적시며 흘러내렸다. 한숨지어 부는 바람 소슬바람 되어 있고, 눈물 맺혀 오는 비는 보슬비가 되어 있다. 하늘은 나직하고 검은 구름 자욱한데, 수풀에서 울던 새는 둥지로 날아들고, 북쪽 하늘에 날던 기러기는 애원하듯 슬피 운다. 구불구불 흐르는 물도 돌돌돌 흐느끼며 흘러가니 지켜보는 사람이야 어찌 아니 슬프랴? 곽씨 부인은 딸꾹질 두세 번에 숨이 덜컥 떨어졌다. 유언 소리 끝이 나고 숨조차 끊겼는데, 심 봉사가 눈먼 사람이니 그런 줄을 알 수가 있나.

"여보게, 힘을 내소. 내가 얼른 건넛마을에 가서 의원에게 약 지어 올 테니, 아무 걱정 말고 잠시만 기다리시오."

심 봉사는 허겁지겁 건넛마을 건너가서 약을 지어 가지고, 우당탕탕 약을 달여 손 위에 받쳐 들고 방으로 들어와,

"여보, 마누라. 이 약 자시오. 이 약 한 모금만 마시면 죽은 사람도 살아난다 합디다."

아무리 부른들 대답할 리가 있겠는가? 심 봉사가 그제야 의심이 나서 손을 대고 만져 보니, 이미 사지가 뻣뻣하고 전신이 싸늘하거늘 그제야 곽씨 부인 죽은 줄 알고 실성 발광하며 미치는구나.

"아이고, 이게 웬일이냐? 어따, 동네 사람들아. 우리 마누라가 죽었소. 아이고, 마누라. 참으로 죽었소? 이렇게 죽을 줄 알았으면 약 지으러 가지 말고 머리맡에 앉았다가 극락세계로 잘 가라고 이별 염불이나 해 줄 것을! 저세상에서 만나자고 약속이나 해 둘 것을!"

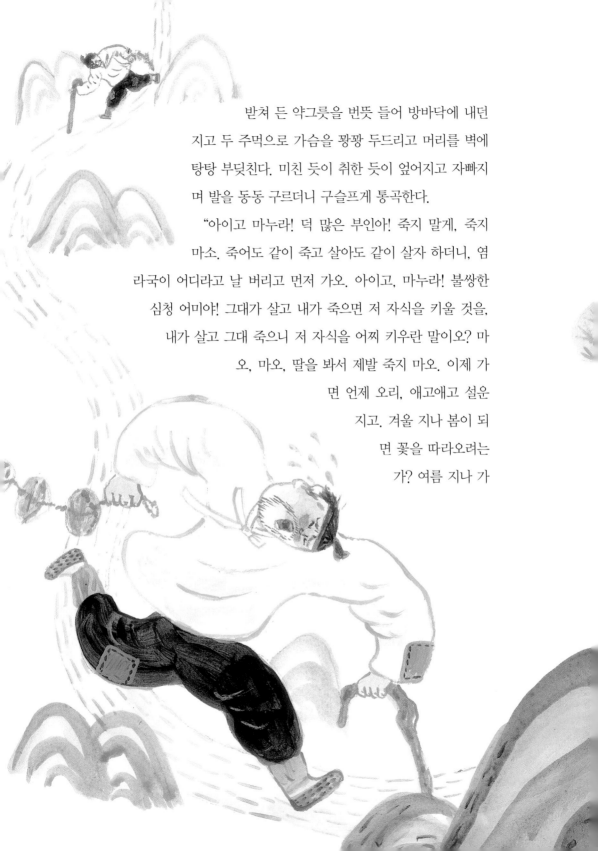

받쳐 든 약그릇을 번뜻 들어 방바닥에 내던
지고 두 주먹으로 가슴을 꽝꽝 두드리고 머리를 벽에
탕탕 부딪친다. 미친 듯이 취한 듯이 엎어지고 자빠지
며 발을 동동 구르더니 구슬프게 통곡한다.

"아이고 마누라! 덕 많은 부인아! 죽지 말게, 죽지
마소. 죽어도 같이 죽고 살아도 같이 살자 하더니, 염
라국이 어디라고 날 버리고 먼저 가오. 아이고, 마누라! 불쌍한
심청 어미야! 그대가 살고 내가 죽으면 저 자식을 키울 것을,
내가 살고 그대 죽으니 저 자식을 어찌 키우란 말이오? 마
오, 마오, 딸을 봐서 제발 죽지 마오. 이제 가
면 언제 오리, 애고애고 설운
지고. 겨울 지나 봄이 되
면 꽃을 따라오려는
가? 여름 지나 가

을 오면 달을 따라오려는가? 꽃은 졌다 다시 피고, 달도 졌다
다시 돋건마는 우리 마누라 한번 가면 다시는 못 오는데, 구
차하게 살자 한들 누굴 믿고 살아가며, 동지섣달 긴긴밤을 젖
먹자고 우는 자식, 뉘 젖 먹여 길러 낼까? 아이고, 마누라. 아
이고, 내 팔자야."

　이렇듯 슬퍼하니, 도화동 사람들이 남녀노소 모여들어 이
광경을 지켜보다 몇몇은 돌아서서 눈물을 훔치고 몇몇은 걱정

해 말한다.

"어쩔거나, 어쩔거나. 맘씨 좋은 곽씨 부인, 평생 고생만 하다가 불쌍히도 죽었구려."

"어허, 봉사님. 이제 그만 슬퍼하고 뒷일을 생각하소."

"에그 쯧쯧, 저 어린것을 불쌍해서 어찌할까?"

"이보게, 동네 사람들아. 우리 동네 백여 집, 십시일반으로 힘을 합해 초상이라도 치러 주세."

마을 사람들이 정성을 모아 수의와 관을 마련하고, 양지바른 언덕배기를 골라 죽은 지 사흘 만에 장례를 치렀다. 상여꾼들이 상여 소리 부르면서 상여 메고 떠나갈 때, 심 봉사는 어린 딸을 포대기에 싸서 귀덕 어미에게 맡겨 두고 지팡막대 부여잡고 비틀비틀 쫓아온다. 논두렁 밭두렁에 빠지면서 상여 뒤를 부여잡고 목은 쉬어 크게 울지도 못하고 '아이고, 마누라!'를 서럽게 부르면서 겨우겨우 산소에 도착한다. 상여꾼들이 관을 내리고 흙으로 덮어 봉분을 둥그렇게 올리고 나니 심 봉사가 제사를 지내다가 또다시 눈물이 복받쳐 무덤을 두드리며 애끓는 울음을 운다.

"여보 마누라, 여보 마누라. 백년가약을 어디다 버리고 무덤 속에 누웠는가? 늙어서 부인 없는 홀아비에 앞 못 보는 내 처지가 딱하지도 않은가? 이리도 매정하게 버리고 가오. 바늘 가는 데 실이 가고, 자네 가는 데 나도 가세. 마누라 송장이나마 방 안에 있을 때에

는 오히려 든든하더니, 오늘부터 그마저 없으니 독수공방 이 설움을
어쩌란 말이오. 마누라 없으면 얼어서도 죽을 테요, 굶어서도 죽을 테
요, 미쳐서도 죽을 테니, 차라리 지금 죽어 한 무덤에 묻히도록 날 잡
아가소. 나를 잡아가소."

심 봉사가 금방 쓴 묘를 파고 무덤에 들어갈 기세로 달려든다.

"이러지 마시오. 참으시오."

"죽은 사람 죽어도 산 사람은 살아야지. 어린 자식을 봐서라도
살아야지."

동네 사람들이 심 봉사를 붙들고 겨우 달래 산을
내려온다.

• **십시일반**(十匙一飯) 열 숟가락이 한 그릇이 되듯 작은 정성을 모아서 큰 도움을 준다는 뜻.

아버지 심봉사와 견뎌 낸 눈물겨운 시절

심 봉사가 집이라고 더듬더듬 돌아와 보니 부엌은 적막하고 방은 텅 비어 있다. 어린아이 찾아다가 방 안에 뉘어 놓고 홀로 앉았으니 마음이 어찌 편안하리? 발광증이 치밀어 올라 벌떡 일어서서 문갑, 책상을 두루쳐 메어다가 와지끈 쾅쾅 내던지고, 곽씨 부인이 쓰던 수건이며 머리빗을 냅다 내던지더니만,

"아서라, 이것들 쓸데없다. 이것 두어 무엇하겠느냐?"

정신없이 문을 박차고 부엌으로 우당퉁탕 내려서며,

"마누라, 거기 있소? 어디 갔소?"

울부짖다 문득 정신을 차리고는 한숨을 쉰다.

"허어, 내가 미쳤구나."

심 봉사 퉁탕거리는 소리에 자던 아기는 놀라 깨어, 젖 달라고 슬피

운다. 심 봉사가 그 소리를 들으니 한편으로는 서럽고 한편으로는 반가워 우는 애를 들어 안고, 마음을 돌려 다잡는다. 그러고는 배고파 우는 아기를 달랜다.

"울지 마라, 울지 마라. 너의 모친 먼 데 갔다. 간 날은 안다마는 올 날은 기약이 없구나. 불쌍하고 가엾은 것! 울지 마라, 울지를 마라. 네 아무리 섧게 운들 마른나무에서 물이 나겠느냐? 울지 마라, 울지 마라. 날이 새면 젖을 얻어 배부르게 먹여 주마. 내 새끼야, 울지 마라."

이렇듯 탄식하는데 먼 데서 닭이 울고 먼동이 터 온다. 눈은 어두워 보지는 못하나, 귀는 밝아 우물가에 두레박 소리가 들리거늘 반겨 듣고 나간다. 한 팔로는 아기를 안고, 한 손으로는 막대 짚고, 우물가를 더듬더듬 찾아가 사람 소리 나는 데를 향해 서서 간절하게 비는 말이,

"여보시오, 부인님네. 이 아기 젖 좀 먹여 주오. 엊그제 낳은 자식이 어미 죽고 젖이 없어 배를 곯아 죽을 지경이니, 어미 없는 어린것이 불쌍하지 아니하오? 댁들 귀한 아기, 먹이고 남은 젖을 조금이라도 먹여 주오."

물 긷던 아낙네들 혀를 끌끌 차며,

"에그, 이것 불쌍하다. 입과 코는 죽은 제 어미를 닮았구나. 여보시오, 봉사님. 어린 아기 이리 주소."

이리하여 이날부터 애 있는 집을 찾아 젖동냥 다니는데, 두서너 달이 지나니 심 봉사가 젖동냥에 도가 텄구나. 김매는 여인들이 쉬는 참에 애걸하기도 하고, 시냇가 빨래하는 데나 품앗이 일하는 데를 물어 부인 여럿 모인 곳을 찾아가기도 했다. 어떤 부인은 불쌍히 여겨 따뜻이 먹여 주고, 어떤 부인은 훗날 찾아오라 다짐하고, 또 어떤 부인은,

"이제 막 우리 아기 먹였더니 젖이 나오지 않는군요."
하며 애달파도 하더라. 젖을 많이 얻어먹여 아기 배가 불룩한 날이면,
심 봉사는 좋아라고 양지바른 언덕 밑에 쪼그려 앉아 아기를 어르면
서 노래한다.

어허둥둥, 내 딸이야. 어허둥둥, 내 딸이야.
아이고, 내 새끼 배불렀다. 이 덕이 뉘 덕인가?
동네 부인님들 덕이오니, 모두 복을 받으시오.
우리 아가 자느냐, 우리 아가 웃느냐?
너도 어서 자라나서 이 은혜 갚아야지.
어려서 고생하면 자라서는 호강이란다.
금쪽같은 내 딸이야, 어허둥둥, 내 딸이야.

아기를 따독따독 잠들여 뉘어 놓고, 사이사이 동냥도 한다. 삼베 자
루 둘러메고 이 집 저 집 다니면서 쌀도 얻고 벼도 얻고, 장날이면 장
터로 다니면서 한 푼 두 푼 얻어 모아 어린아이 먹기 좋은 암죽도 끓
여 먹이고 가끔은 간식거리로 갱엿도 사다 먹였다. 심청이는 장차 귀
하게 될 사람이라 부처님도 도와주고 천지신명도 도와주니 단비에 쑥
쑥 크는 오이처럼 잔병 없이 잘도 자라난다.
세월은 물 흐르듯 흘러 심청이 어느덧 제 발로 걸어 다니는 예닐곱
살이 되니 곽씨 부인을 닮아 얼굴은 아름답고 행동은 부지런했다. 마
음씨도 고운지라 한참 부모 무릎에서 투정이나 부릴 나이에 이미 속
이 깊어 눈먼 아버지를 걱정한다. 하루는 심청이가 부친 앞에 단정히

꿇어앉아 여쭈었다.

"까마귀 같은 날짐승도 먹을 것을 물어다 제 어미를 먹이는데, 하물며 사람이 짐승만 못하겠습니까? 아버지 눈 어두우신데 밥 빌러 여기저기 다니다 엎어져 몸 상하실까 걱정이고, 비바람 부는 궂은 날과 눈서리 치는 추운 날이면 병나실까 걱정입니다. 이제 저도 다 컸으니, 오늘부터 아버지께서 집에 계시면 제가 나가 밥을 빌어오겠습니다."

심 봉사가 깜짝 놀라,

"너, 이것이 웬 말이냐. 내 아무리 가난하지만 양반의 후예로서 예절조차 모를쏘냐? 여자 나이 칠 세 되니 너는 들여앉히고 나 혼자 나가야 하는데, 나는 들어앉고 너 혼자 내보내랴? 불쌍한 우리 딸아, 내 뜻은 알겠다만 그런 말은 다시 말아라."

심청이 다시 여쭈었다.

"효는 인륜의 근본이고, 남녀칠세부동석은 사소한 예절입니다. 옛날 한나라에 제영이라는 처녀는 감옥에 갇힌 부친을 구하기 위해 스스로 관아의 기녀가 됐다고 하고, 진나라의 양향이라는 처녀는 호랑이가 나타나자 아버지를 구하려고 호랑이에게 달려들었다고 합니다. 이들과 비교하면, 밥 빌러 나가는 것이 뭐 그리 대단하겠습니까?"

심 봉사 하는 말이,

"허허, 청아. 강보에 싸인 젖먹이가 언제 이렇게 컸느냐? 기특하고도 고마운 말이로다. 그러나 어린 너를 보내 놓고 앉아서 받아먹는 내 마음이 편하겠느냐? 네 뜻대로 하기는 한다마는 너를 볼 낯이 없구나."

심청이 이날부터 먼 산에 해 비추고 앞마을에 연기 나면 밥을 빌러

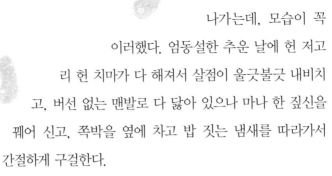

나가는데, 모습이 꼭
이러했다. 엄동설한 추운 날에 헌 저고
리 헌 치마가 다 해져서 살점이 울긋불긋 내비치
고, 버선 없는 맨발로 다 닳아 있으나 마나 한 짚신을
꿰어 신고, 쪽박을 옆에 차고 밥 짓는 냄새를 따라가서
간절하게 구걸한다.

"앞 못 보는 부친을 집에 모셔 두고 밥 빌러 왔사오니, 밥
한술 덜 잡숫고 도와주시면, 추운 방에서 기다리는 늙은
부친 허기를 면하겠나이다."

보고 듣는 사람들이 모두 불쌍히 여겨 아낌없이 덜어 주
고, 김치며 젓갈이며 푸새 나물 반찬을 가지가지 담아 주
니, 두서너 집에서 얻은 것이 부녀의 한 때 끼니로 넉넉했
다. 심청이 급히 돌아와 사립문 안에 들어서며 아버지를 부른다.

"아이고, 아버지! 많이 기다리셨지요?"

심 봉사는 어린 딸을 보내 놓고 혼자 앉아 기다리다 오는 소
리 반겨 듣고 방문을 펄쩍 열어젖혀 두 손을 덥석 잡고는,

"심청이냐? 아이고, 내 새끼야! 손 시리지, 불 쬐어라.
발도 차구나."

언 손을 끌어당겨 입김으로 녹여 주고, 발도
차다고 어루만지며 눈물을 글썽인다. 심
청은 잠시 손만 녹이고는 얼른

부엌으로 가서 빌어 온 밥에 데운 물로 상을 차려 내온다. 심청이 수저를 들어 아버지의 손에 쥐어 주니, 심 봉사는 목이 멘다.

"목구멍이 원수로구나. 어린 딸한테 동냥을 시켜 염치없이 허기를 채우다니. 너희 어미가 혼이라도 이 일을 알면 오죽이나 서러워할까."

심청이는 부친의 손길 부여잡고 위로한다.

"아버님, 그런 말씀 마세요. 빌어 온 밥이나마 자식의 정성이니 서러워 말고 많이 많이 잡수세요."

이렇게 심청이네는 날마다 얻어 온 밥이 한 쪽박에 색색깔이다. 이 집 저 집에서 얻어 오니 흰밥 콩밥 팥밥이며, 보리 기장 수수밥이 갖가지로 다 있는지라, 끼니마다 오곡밥이요 날마다 정월 대보름이구나. 시간은 흘러 한 해가 두 해 되고, 두 해가 네 해 되더니 어느덧 심청의 나이 열여섯이 되었다. 심청이는 천성이 바른 데다가 곽씨 부인을 닮아 솜씨가 좋으니 동네에서 일감을 얻어 와 살림을 꾸리기 시작했고, 그때부터는 동냥을 하지 않고도 부녀가 끼니를 이을 수 있었다.

소리로 보는 세상에 나서다

신재효본 판소리 〈심청가〉에는 "황후가 보실 적에 직업이 다 달라 경 읽어 먹고사는 봉사, 점 쳐서 먹고사는 봉사, 마누라에게 얻어먹는 봉사, 아들에게 얻어먹는 봉사, 딸에게 얻어먹는 봉사, 풍각쟁이로 먹고사는 봉사, 구걸로 먹고사는 봉사, 차례로 보아 가니 그중 한 봉사는 도화동 심학규라. 나이 예순셋에 직업은 밥 먹고 잠자기뿐 이로구나." 하여 맹인의 직업을 읊는 대목이 있습니다. 맹인은 혼자서 생계를 꾸려 나가기 힘들기 때문에 누군가에게 의지해 살아가기도 하지만, 오히려 보통 사람보다 더 뛰어난 능력을 발휘해 전문적인 직업을 갖기도 합니다.

하늘이 내린 음악가, 악공

악공은 맹인이 몸담을 수 있는 전문 직업의 시초였습니다. 고대 중국 은나라에 이미 나라의 음악을 담당하는 맹인 악공 고사(瞽師)가 있었습니다. 우리나라에도 조선 시대 나라에서 운영했던 음악 기관인 장악원에 관현맹이라는 관직의 맹인 악공들이 있었습니다. 세상의 모든 존재에는 하늘의 뜻이 담겨 있다고 여긴 동양의 옛 현인들은 시각 장애를 장애로만 여기지 않았습니다. 오히려 눈으로 볼 수 없기 때문에 음악과 소리를 더 환히 알 수 있다고 믿었습니다. 전설적인 재즈 작곡가 레이 찰스나 천재 팝 가수 스티비 원더, 세계를 감동시킨 테너 안드레아 보첼리처럼 장애를 뛰어넘어 소리로 세상을 보는 음악가들은 오늘날 우리에게 아름다운 음악을 들려주고 있습니다.

듣는 감각

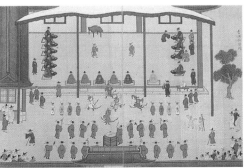

연회장에서 음악을 연주하는 장악원의 악공들,
〈기사사연도〉, 국립중앙박물관 소장.

직관력

보이지 않는 것을 보는 신통력, 점술가

점을 치거나 경을 읽어 잡귀를 쫓고 안녕을 기원하는 일은 국가적으로나 민간에서나 맹인들이 전문적으로 종사하는 직업으로 자리 잡았습니다. 조선 전기 소격서에서는 새해에 복을 빌거나 집을 새로 짓거나, 재앙을 물리치는 의식을 치를 때 반드시 맹인을 썼습니다. 이후로 맹인이 독경하는 것은 조선의 고유한 풍습이 되어 민간에까지 널리 퍼졌습니다. 관상감에서는 과거를 통해 명과맹(命課盲)이라는 맹인 관리를 뽑아 나라의 대소사를 점치는 일을 맡겼습니다. 이들은 특히 일식이나 월식이 사라지길 비는 구식(救蝕)이나 비 내리기를 기원하는 기우제에서 중요한 역할을 했습니다. 점복과 독경은 천부적인 자질이라기보다는 공부하고 훈련해 이루어지는 기술이지만, 사람들은 맹인 점술가에게 보통 사람들이 눈으로 볼 수 없는 것을 보는 특별한 신통력이 있다고 믿었습니다.

점복을 주업으로 하는 맹인 판수가 민가에서 병귀를 내쫓기 위해 경을 읽는 모습. 〈판수독경〉, 김준근, 독일 함부르크 민족학 박물관 소장.

발달한 감각, 안마사와 침술가

일제 강점기에는 침을 놓거나 안마를 하는 맹인들이 새롭게 등장했습니다. 1914년 조선 총독부는 시각 장애인들에게 안마나 침술을 가르쳐서 미신적인 점복이나 독경 대신 이를 통해 생계를 꾸려 나가도록 권장했습니다. 우리나라는 현재까지 안마 시술 교육을 받은 시각 장애인에게만 안마사 자격을 주도록 법률로 보호하고 있습니다. 맹인은 시력이 감퇴한 대신 몸의 다른 감각 기능이 발달했기 때문에 손의 감각에 의존해야 하는 안마로 능력을 발휘할 수 있습니다.

손의 감각

물에 빠져
몽운사 화주승을 만나

심청은 어려서부터 얼굴이 빼어나고 효행이 뛰어나 사람들의 칭찬이 자자했다. 특히 동네의 일을 맡아 하기 시작한 다음부터는 행동이 얌전하고 하는 일마다 똑 부러지니 칭찬하는 소리가 끊이지 않았다. 건넛마을 무릉촌 장 승상 부인이 이런 소문을 듣고, 심청이 과연 어떤 아이인지 만나 보고 싶어 몸종을 보내 데려오게 했다. 심청이 몸종의 말을 듣고 이 사실을 아버지에게 고한다.

"어른이 부르시니 잠시 다녀오겠습니다. 제가 혹 늦더라도 잡수실 진지를 보아 두고 갈 테니, 시장하시거든 먼저 잡수세요."

심청이 몸종을 따라 장 승상 댁으로 건너가 대문 안 들어서니 왼편의 오동나무에서는 맑은 이슬이 뚝뚝 떨어져 잠든 학을 놀래 깨우고, 오른편에 서 있는 늙은 소나무에 바람이 건듯 불어 늙은 용이 꿈틀거리는 듯하다. 중문 안 들어서니 창 앞에 심은 꽃은 화사하게 피어 있고, 누각 앞 연못에는 연잎 사이로 물오리 한 쌍이 금붕어와 함께 노닌다. 안채에 들어서니 규모도 굉장하고 창문도 찬란한데 머리가 반쯤 센 부인이 단정히 앉아 있다가 심청을 보고 반긴다.

"네가 도화동 심청이냐? 어여쁜 자태가 들던 말 그대로구나."

심청을 마루 위로 인도해 앉힌 뒤 자세히 살펴보니, 그 모습이 이러했다. 옷깃을 여미고 단정히 앉은 모습은 마치 비 갠 시냇가에서 막 목욕하고 나온 제비인 듯, 환한 얼굴은 하늘에 두둥실 돋은 달이 물 속에 비친 듯, 바라보는 두 눈길은 새벽빛 맑은 하늘에 샛별이 빛나는 듯, 두 뺨의 고운 빛은 늦은 봄 산자락에 연꽃이 피어난 듯, 두 눈의 눈썹은 초승달이 나란히 놓인 듯, 흐르는 머릿결은 갓 피어난 난초인 듯, 가지런한 귀밑머리는 매미의 날개인 듯 하늘거렸다.

장 승상 부인이 칭찬하기를,

"내 전생의 일을 알 수는 없지만, 너는 분명 선녀였으리라. 청아, 내 말을 들어 보아라. 승상께서 일찍 세상을 버리시고, 자식들은 서울로 벼슬살이 가고 없으니 내게 말벗이 없구나. 적적한 빈방에서 마주하는 것은 촛불이요, 보는 것은 책뿐이라. 나의 신세 이러한데, 네 신세도 딱하구나. 차라리 내 수양딸로 들어오면, 예의범절도 가르치고 글공부도 시켜서 친딸같이 길러 내리라. 그러다가 좋은 데를 골라 시집 보낼 테니, 너의 뜻이 어떠하냐?"

심청이 일어나 절하고 여쭈었다.

"저의 팔자가 기구해 태어난 지 이레 만에 어머니를 잃고, 앞 못 보

는 아버지께서 동냥젖을 얻어먹여 근근이 길러 냈습니다. 어머니 얼굴도 모르는 슬픔이 끊일 날이 없었는데, 오늘 승상 부인께서 저를 미천하다 여기지 않고 수양딸로 삼으려 하시니, 돌아가신 어머니를 다시 본 것처럼 감격스럽고 황송해 마음 둘 곳 없습니다.

그렇지만 부인의 말씀을 따르면 제 한 몸 편하지만, 앞 못 보는 아버지는 누가 돌보겠습니까? 낳고 기른 부모님 은혜는 누구에게나 있겠지만, 제게는 남다른 데가 있나이다. 아버지는 불편한 몸으로 어린 저를 기르면서 어머니 몫까지 다 하셨으니, 이제 저는 아버지의 눈도 되고 아버지의 아들도 되려 합니다. 사정이 이러하니 부디 부인께서는 이 한 몸 다하도록 아버지 곁에 있고 싶은 저의 뜻을 헤아려 서운하게 생각하지 말아 주세요."

이런 말을 하노라니 심청이 새삼스레 서글픈 생각이 새록새록 일어나 두 눈에 눈물이 맺혔다가 방울방울 떨어진다. 그 모습은 마치 봄비가 꽃잎에 맺혔다가 옥구슬처럼 굴러떨어지는 모습 같았다. 장 승상 부인도 그런 심청이 가련해 등을 어루만지면서,

"옳지 옳아. 마땅히 그래야지. 내가 늙고 정신이 없어 생각이 짧았구나. 내 생각만 하고 좁은 마음으로 너에게 과한 부탁을 했으니 부디 섭섭하게 생각 마라."

두 사람 사이에 정다운 이야기가 오고 가는 동안에 어느덧 날이 저물었다. 심청이 여쭈었다.

"부인의 정다운 말씀에 시간 가는 줄을 몰랐습니다. 집에 혼자 계신 아버지가 걱정하실 테니, 이만 돌아가야겠습니다."

부인은 더 잡지 못하고 아쉬운 마음을 달래면서, 양식과 옷감을 넉넉히 챙겨 주었다.

"이제부터 나는 너를 딸로 여길 것이니, 너는 나를 잊지 말고 종종 찾아오너라. 그리고 힘든 일이 생기면 주저 말고 나에게 말하도록 해라. 알아듣겠느냐?"

심청은 공손히 절하며 인사하고는 걸음을 재촉해 집으로 돌아간다.

그때 심 봉사는 심청을 보내 놓고, 홀로 앉아 기다리는데, 배는 고파 뱃가죽이 등에 붙고, 방은 추워 턱이 덜덜 떨려 떨어져 나갈 지경이었다. 새들이 날개를 퍼덕이며 둥지를 찾아 날아가고, 먼 절에서 종소리 들리니 날 저문 줄을 짐작하고, 혼잣말로 걱정한다.

'내 딸 심청이는 어이해 못 오는고? 부인이 만류해 못 오는가, 오는 길에 동무들과 노느라고 못 오는가? 혹시 내 딸이 곱다는 소문이 자자하니 몹쓸 놈들이 잡아갔는가? 아니지, 아니지. 이런 흉한 생각은 하지도 말아야지. 청아, 어서 빨리 오너라. 왜 이리 늦느냐?'

이런 걱정, 저런 걱정, 온갖 걱정이 꼬리에 꼬리를 물고 일어난다. 길 가는 사람을 보고 개가 짖는 소리만 들려도, 바람이 해진 창문에 부딪치기만 해도 행여 청이 오는 소리인가,

"심청이 왔느냐?"

하며 반겨 나가 보지만, 인적은 없고 바람 소리만 마당을 쓸고 다니는구나. 참다못한 심 봉사는 지팡이를 찾아 짚고 딸을 마중하러 나섰다. 사립문 밖으로 한 걸음 두 걸음을 옮기는데, 오랜만의 발걸음이라 더듬더듬 하는 데다가 겨울바람이 휘휘 불어 늙고 마른 몸이 이리 휘청

저리 휘청한다. 심 봉사가 조심조심 강둑을 따라 걷는데 돌부리에 채였나, 발을 헛디뎠나 아차 하는 순간에 천지가 요동을 치고 우당탕 첨벙 소리가 난다. 얼음장같이 차디찬 개천에 풍덩 빠져 버린 게 아닌가.

"이게 웬 날벼락이냐. 개천아, 이것이 네 탓이냐? 눈 먼 나의 탓이냐? 나를 좀 살려라."

심 봉사가 허우적거려 보지만 찬물에 몸이 굳어 오니 얼굴은 점점 흙빛이 된다. 나오려고 뒤뚱거리면 도로 빠져들고, 발을 옮기려면 도로 미끄러지는데, 심 봉사는 꼼짝없이 물에 빠져 죽게 되었구나. 아무리 소리친들 날이 이미 저물었는데 누가 이 길을 지나다가 불쌍한 목숨을 살리랴?

그런데 마침 몽운사 화주승이 절을 새로 지으려고 권선문을 둘러메고 마을로 내려왔다가 날이 저물어 그 길을 따라 절로 돌아가는 길이었다.

"사람 살려, 심 봉사 살려!"

화주승이 소리를 듣고 돌아보니 한 사람이 개천에 빠져 허우적거리고 있다. 급한 마음에 시주받은 쌀을 담은 바랑도 던지고, 머리에 쓴 대나무 삿갓도 벗어 던지고, 입고 있던 장삼도 훨훨 벗어 던지고 개천에 뛰어들어 물에 빠진 사람의 상투를 덥석 잡아 건져 올렸다. 구해 놓고 보니 도화동 심 봉사라. 심 봉사가 덜덜 떨면서도 겨우 정신을

• 화주승(化主僧) 인가에 다니면서 사람들에게 불교의 교리를 전하고, 시주를 받아 절의 양식을 대는 중.
• 권선문(勸善文) 시주해 달라는 뜻을 적은 글. 시주한 사람과 액수를 적은 책은 권선책이라 한다.

차리고 묻는다.

"누가 나의 목숨을 건졌소?"

화주승이 대답하되,

"소승은 몽운사 화주승이오."

"사람 살리는 부처의 제자로군요. 죽을 사람 살려 주시니, 은혜가
하늘 같구려."

화주승은 심 봉사를 집까지 업고 가서 방 안에 앉히고 물에 빠진
연유를 물었다. 심 봉사가 신세 한탄을 섞어 가며 전후 사정을 낱낱

이 말하니, 중은 물에 젖은 옷을 짜며
이야기를 듣다가 혀를 쯧쯧 차며 말한다.
　"참으로 딱하구나, 관세음보살. 지금
맹인이 된 것은 전생에 지은 죄 때문인데,
부처님께 공양미 삼백 석을 올리고
지성으로 불공을 드려 죄를 씻으
면, 눈을 떠서 온 세상을 다시 보
게 될 것을……."
　심 봉사는 자기의 처지가 하도 기가 막
혀 평생에 한이 되던 차에, 눈 뜬다는
말에 금방이라도 눈이 뜨일 듯이 귀가
솔깃해 앞뒤 사정을 돌아보지 못하
고 말부터 나온다.
　"그러면 시주를 합지요."
　"이보시오, 봉사님! 댁의 형편을 내가
아는데, 이렇게 가난한 살림에 쌀 삼백 석
을 무슨 수로 장만한단 말이오?"
　"어따, 여보시오. 어느 개

아들 놈이 부처님께 시주하겠노라 해 놓고 빈말을 하겠소? 눈 뜨려다 눈을 뜨기는커녕 도리어 벌을 받아 앉은뱅이까지 되게요? 사람 너무 업신여기지 마오. 빈말 걱정일랑 마시고 어서 권선책에 적으시오."

화주승은 할 수 없이 권선책을 펴서 적는다.

황주 도화동 심학규가 공양미 삼백 석 시주하니, 감은 눈 뜨게 해 주옵소서.

그런 뒤 화주승은 하직 인사를 하고 떠나간다. 심 봉사는 화주승을 보내 놓고, 물에 빠져 죽다 살아나 눈 뜬다는 말에 덜컥 시주 약속한 일을 생각하니 기가 막히고 꿈만 같아 입맛만 쩝쩝 다시며 우두커니 앉았다. 이리 궁리 저리 궁리, 아무리 생각해 보아도 공양미 삼백 석을 장만할 길이 전혀 없다.

"아이쿠, 큰일이다. 복을 빌어 눈 뜨려다 도리어 큰 죄를 지었구나! 이 일을 어찌한단 말인가? 내가 무엇에 홀렸나? 내가 실성을 했나?"

심 봉사는 그제야 사리가 분별되니, 근심이 첩첩이 쌓여 가슴에 산을 올린 듯하므로 끝내 견디지 못하고 섧게 운다.

아이고, 아이고, 내 신세야.
앉은뱅이 곱사등이 서럽다 해도 부모처자 바로 보고
귀머거리 벙어리가 서럽다 해도 천지 만물 보는데
이놈의 팔자는 어찌하여 눈멀고 가난한가.
아이고, 아이고, 내 신세야.
어린 딸이 천지 사방 밥을 빌어 목숨을 잇는 놈이,
쌀 삼백 석이 어디 있다고 시주를 덜컥 하나.
빈 단지를 기울인들 곡식이 어디 있고,
장롱을 뒤져 본들 재물이 어디 있으랴?
이 집을 팔자 한들 한 푼도 아까우니
나라도 안 사겠고,
내 몸을 팔자 한들 돈을 주고도
못 팔 테니 그 누가 사겠는가?
아이고, 아이고, 내 신세야.
심청이가 이 일을 알면 기가 막혀 죽을 테고
자식 죽인 못난 아비는 천벌 받아 죽어야지.
전생에 죄를 지어 이생에 봉사 되었는데,
지금 죄를 더하면 후생에는
소 되고 개 되겠네.
아이고, 어쩔거나,
아이고, 이를 어째.

내가 죽어 아버지 눈 뜬다면

심 봉사가 한참을 섧게 울며 자책하고 있을 때 심청이 허겁지겁 돌아와 보니, 아버지가 물에 빠진 생쥐 꼴이 되어서 목 놓아 울고 있다.

"아버지, 이게 웬일이어요? 나를 찾아 나오시다가 이런 욕을 보셨나, 이웃집에 가셨다가 이런 봉변 당하셨나? 춥기는 오죽 추우며, 시장하기는 오죽 시장할까? 승상 댁 노부인이 굳이 잡으셔서 이렇게 늦었어요. 아버지, 우선 젖은 옷을 벗으시고 새 옷으로 갈아입으세요."

심청은 서둘러 장롱 안의 옷을 내주고는, 부엌으로 바삐 나가 승상 댁에서 얻어 온 양식으로 밥을 지어 왔다.

"아버지, 진지 잡수세요. 더운 진지 차려 왔으니 국도 많이 잡수세요." 하며 심 봉사의 손을 끌어당겨 숟가락을 쥐어 준다. 그러나 심 봉사는 자신의 잘못을 생각하고는 차마 밥상을 마주할 수가 없다.

"아니, 나 밥 생각 없다."

"아버지, 왜 그러시오? 어디가 아파서 그러시나요? 제가 늦게 와서 화가 나서 그러시나요?"

"아니다, 너는 알 것 없다."

심 봉사가 처음에는 딸에게 근심을 시키느니 자기 혼자 알고 있다가 부처님께 벌을 받아도 자기 혼자 받아야지 생각하고 말을 안 하려 했는데, 효성 지극한 심청이가 거듭거듭 묻는지라 마지못해 털어놓았다. 마중 나갔다가 개천에 빠진 일이며, 지나가던 화주승이 구해 준 일이며, 공양미 삼백 석이면 눈을 뜬단 말에 시주를 약속한 일을 다 말하고, 뒤늦게 후회하며 우는 이야기까지 다한다.

"청아, 이 아비가 노망이 나서 그랬다. 공양미를 구할 길이 없으니 내일 아침에 몽운사에 가서 없던 일로 하자고 사정을 해 보던가, 안 된다 하면 벌을 받아도 내가 받으면 된다. 너는 아무 걱정 말거라. 내 팔자에 눈 뜰 욕심이 분에 넘치지."

심청이 그 말을 듣고 아버지를 위로한다.

"아버지 걱정 마시고, 진지 잡수세요. 정성을 드리고 후회하면 효험이 없답니다. 아버지가 눈을 떠서 천지 만물 다시 볼 수 있다는데, 어떻게든 삼백 석을 마련해서 몽운사로 보내야지요."

"네가 아무리 애를 쓴들, 찢어지게 가난한 우리 형편에 가당키나 한 말이냐? 아니다. 내가 지금 당장 몽은사로 가야겠다."

비틀비틀 일어서는 심 봉사를 붙잡으며 심청이 말한다.

"왕상이라 하는 효자는 한겨울에 얼음을 깨니 잉어가 뛰어올라 부

모 봉양했고, 맹종이라 하는 효자는 눈 속에서 죽
순을 얻어 부모를 봉양했답니다. 지극한 효성에는
하늘도 감동해 이렇게 복을 준다고 합니다. 제 효
성이 비록 옛사람만 못하지만 지성이면 감천이라고 하
니, 공양미 삼백 석 얻을 길이 어찌 없겠어요? 너무 근심 마세요."

　"아무리 그래도 안 될 일이다. 나는 정녕 다음 세상에 눈먼 구렁이
나 되겠구나."

　심청은 갖가지로 위로하고 물러 나왔다. 말을 그렇게 했으나 막상
마루에 나와 앉아 생각하니 공양미를 마련할 길이 막막했다. 심청이
한숨을 쉬다가 문득 휘영청 밝은 달을 올려다보니 차츰 마음이 가라
앉는다.

　'저 달 속에서 어머니가 지금 나를 내려다보고 계시려나? 내가 죽어
도 그리던 어머니 곁에 갈 것이니 두려울 것도 없구나. 내가 아비의 눈

이 되겠다고 했는데, 그 말이 딴말이랴……'

심청은 주저 없이 자리를 털고 일어나 목욕해 몸을 단정히 하고 집 안을 깨끗이 청소한 뒤, 집 뒤꼍에 단 하나를 쌓았다. 그러고 나서 그 날부터 밤이 깊어 사방이 고요해지면, 등불 밝혀 정화수 한 그릇 떠 놓고 간절하게 빌었다.

"불초여식 심청이 삼가 비나이다. 하늘님 달님 별님, 산에 계신 성황님, 물에 계신 하백님, 부처님, 보살님 모두 모두 굽어살피소서. 저의 아비 젊어서 눈이 멀어 사물을 못 보고 온갖 고생을 다 했으니 이 한 몸 바쳐서라도 아비 눈을 뜨게 되면 소원이 없습니다. 소녀 팔자가 기구해 강보에서 어미를 잃고 다만 맹인 아비뿐이온데, 집안이 가난해 모은 재물 하나 없고 몸밖에 없사오니, 부디 이 몸이라도 사 갈 사람을 보내 주시어 부모 은혜를 갚게 해 주옵소서."

이렇게 빌기를 계속하던 어느 날이었다. 해가 구름 밖으로 나오고 닭 울고 개 짖는 소리가 시끄럽더니, 사람들 한 무리가 골목골목 다니면서 외치는 소리가 들려왔다.

"여보시오, 동네 사람들아! 나이 십오 세요 얼굴이 곱고 몸에 흉이 없으며 행실 바르고 심성 고운 처녀를 큰돈에 사려 하니 몸 팔 사람 누가 있소? 있으면 있다고 대답을 하시오."

심청은 세상에 사람을 돈 주고 사고파는 일이 정말로 있나 놀라고 궁금해, 귀덕 어미를 통해 젊은 처녀 사려는 이유를 물었다.

"우리는 남경으로 다니면서 장사하는 뱃사람들인데, 인당수를 지나 갈 때면 위험하기가 바람 앞에 등불 같소. 이미 숱한 장삿배가 인당수에 빠져서 사람도 많이 죽고 물건도 많이 잃었다오. 젊은 처녀를 제물로 바치면 험난한 바닷길이 편안하게 열려서 무사히 건너고, 일단 바다만 건너가서 장사를 하면 큰 이익을 낼 수 있으니 몸을 팔려는 처녀만 있으면 값을 묻지 않고 사려 한다오."

심청이 그 말을 반겨 듣고, 밤마다 빌어 하늘이 답을 한 것으로 여겼다.

"나는 이 동네 사람이오. 아버지가 앞을 못 보시는데, 공양미 삼백석을 몽운사에 바치고 지성으로 빌면 눈을 뜬다 합니다. 가난한 형편에 공양미 장만할 길이 없어, 내 몸을 팔려 하는데 나를 사시려오?"

험한 뱃사람들도 이 말을 듣고 감동해,

"얼굴은 꽃처럼 어여쁜데, 그 마음은 더 곱구려. 효성이 지극하나 참으로 가련하오. 하지만 우리들에겐 더할 나위 없는 행운이니 즉시 원하는 값을 치르겠소."

하고는 그날로 공양미 삼백 석을 몽운사로 보내 주었다. 그러고는 배 떠나는 날을 일러 주고 다짐을 받아 둔다.

"심 낭자, 이달 보름에 배가 떠날 것이니 그날 새벽에 다시 오겠소. 마음 단단히 먹고 기다리시오."

뱃사람들이 몽운사의 화주승이 공양미를 받았다는 표를 전해 주자 심청은 이제 됐구나 싶어 부친에게로 달려간다. 심청은 부친과 이별할 일을 생각하니 슬펐지만, 아비가 눈 뜰 생각을 하니 기쁘기 그지없었다.

"아버지, 공양미 삼백 석을 몽운사에 보냈으니 이제는 시름을 놓으세요."

이 말을 들은 심 봉사가 깜짝 놀랐다.

"너, 그 말이 웬 말이냐? 어린 네가 삼백 석을 어떻게 마련했다는 말이냐?"

심청은 차마 사실대로 말할 수 없어 거짓말로 속여 대답했다.

"전날 무릉촌에 건너갔을 때, 장 승상 댁 노부인이 수양딸로 삼으려 하셨으나, 아버지를 혼자 둘 수 없다고 사양했습니다. 그러나 우리 형편으로는 공양미 삼백 석을 장만할 길 없어 결국 이 사연을 부인께 말씀드렸답니다. 그랬더니 쌀 삼백 석을 선뜻 내주시고, 저는 그 댁 수양딸로 들어가기로 했습니다."

심 봉사는 이 말을 들으니 한편으로는 반갑고 한편으로는 서글펐다.

"그러면 이제 그 댁에 가서 사는 것이냐? 내 눈 뜨자고 결국 딸을 잃는구나."

이렇게 말하며 슬픈 기색을 보이다가 이내 마음을 고쳐먹고 표정을 바꾸어 말한다.

"아니다, 아니야. 오히려 잘됐다. 어여쁜 우리 딸이 내 곁에서 못 먹고 못 입으며 고생하고, 총명한 우리 딸이 글 한 자 마음껏 못 읽었는데, 못난 아비 곁에 있는 것보다야 부잣집에 들어가서 사랑받고 호강하는 게 낫지. 너만 잘 산다면야 나는 혼자 살아도 상관없다. 암, 상관없고말고."

이제 심 봉사는 기쁘다고 눈물을 짓고, 이것을 보는 심청은 늙은 아비 이별할 날이 더욱 두려워 눈물짓는다. 심청은 그날부터 심 봉사에

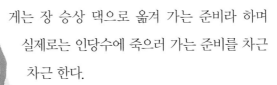

게는 장 승상 댁으로 옮겨 가는 준비라 하며 실제로는 인당수에 죽으러 가는 준비를 차근차근 한다.

아버지의 옷가지를 죄다 꺼내어 놓고, 춘추 의복 하절 의복은 빨아서 다려놓고, 동절 의복은 솜을 넣어 누벼 두고, 떨어진 버선은 꿰매어 놓고, 헌 갓도 먼지 털어 손질을 해 놓는다. 바지에는 대님을 미리 접어서 따로 놀지 않게 꿰매고 동냥할 때 쓸 바가지도 새로 장만한 다음에 죄다 줄을 매어 시렁 위에 얹어 놓았다. 앞뒤 뜰에 풀을 뽑고 집 안 구석구석을 치우며 부지런히 일하다 보니 어느새 시간은 흘러 기약한 날이 내일로 다가왔다.

심청은 밥과 술을 준비해서 어머니 산소에 하직 인사를 드리러 갔다. 어머니 무덤도 마지막이라 정성껏 풀을 뽑고 술을 한잔 올린 다음 절을 하고 앉으니 눈물이 절로 난다.

"어머니, 어머니, 나를 낳아서 무엇하시려고 온갖 정성 드려 열 달을 배 속에서 기르고 노산으로 고생하다 그리 일찍 가셨나요? 고생해서 낳은 자식 재롱도 못 보고 효도도 못 받고 어찌 그리 일찍 가셨나요? 제가 이제 다 커서 어머니 무덤에 벌초도 자주 하고 해마다 돌아오는 기일이면 제사나 착실히 지내서 못 다한 효도를 하려고 했는데, 이제 물귀신이 되고 나면 우리 어머니 무덤은 누가 돌보고 우리 어머니 제사는 누가 챙기나요?"

그동안 참았던 눈물을 쏟아 내니 산에 사는 길짐승 날짐승도 모두 따라 우는 듯하다.

"어머니, 나 죽으면 만날 수 있겠지요. 그것만 믿고 저는 갑니다. 행여 어머니가 제 얼굴을 못 알아보면 어쩌나? 청이가 내일 가니 미리 알고 저를 맞아 주세요."

심청이 울다 울다 지쳐서 터덕터덕 산을 내려오니 밤은 이미 깊어 은하수가 기울어 가고 있다. 집에 들어와서 가만히 방문을 여니 심 봉사는 딸을 기다리다 이불도 못 펴고 잠이 들어 있다. 등잔불을 밝혀 놓고 아버지의 얼굴을 들여다보며 그 신세를 생각하니 마를 줄 모르는 눈물이 또다시 솟아난다.

'내가 죽어 눈을 뜨면 다행인데, 눈 뜨는 그날까지라도 앞 못 보는 우리 아버지, 당장 내일부터 어찌 살꼬? 처음부터 내가 없어서 계속 동냥이라도 다녔으면 이제 이력이 나서 길도 훤하고 밥도 안 굶을 텐데, 요 몇 년은 내가 동냥 다닌다고 바깥출입을 안 했으니, 다리에 힘

도 없고 길도 몰라서 문밖에
나서기가 오죽이나 어려울
까? 아버지가 늙어서 돌아
가신다고 해도 서러울 텐데,
하물며 살아 있는 아버지를 버리
고 가려 하니 손이 떨리고 다리가 떨리
는구나. 아버지, 부디 나 죽은 다음에 눈을 뜨시고 편히 사세요.'
정신이 아득하고 하염없이 눈물이 흐르는데, 부친이 깰까 봐 크
게 울지도 못하고 울음을 삼켜 흐느낀다. 벌써부터 그리운 마음이
사무쳐서 잠든 아버지의 얼굴에다 자기 뺨도 대어 보고 손발도 만져
본다.

'세상에 이별이 많건마는 살아서 이별이야 소식 올 기약 있고 만날
날도 있지, 우리 부녀 이별이야 어느 날에 소식 알며 어느 때에 또 만
날까? 내가 죽어 돌아가신 어머니를 찾아가면 아버지 소식을 물으실
텐데, 무슨 말로 답을 할꼬? 오늘 밤에 지는 달을 함지에 잡아 두고,
내일 아침 돋는 해를 부상에 매어 두면 가련한 우리 아버지를 좀 더
오래 볼 텐데, 물 흐르듯 흐르는 시간에 밤이 가고 날이 새니 그 누가
막겠는가? 애고애고, 슬픈지고.'

심청이 이렇게 울면서 밤을 새니, 천지는 원래 어김이 없
는지라 날이 차츰 밝아 오고 야속한 닭이 새벽을 부른다.

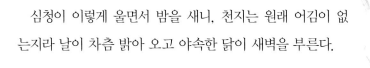

닭아 닭아, 울지 마라. 부디 제발, 울지를 마라.
네가 울면 날이 새고, 날이 새면 나 죽는다.
나 죽기는 섧지 않으나
앞 못 보는 우리 부친 누구에게 의지하며,
의지할 곳 없는 부친을 어찌 두고 가자는 말이냐.
닭아 닭아, 울지 마라. 부디 제발, 울지를 마라.

* **함지**(咸池) 해가 진다고 하는 서쪽의 큰 못.
* **부상**(扶桑) 해가 걸렸다가 떠오른다고 하는 동쪽 바다의 뽕나무.

효에 대한 물음

하늘이 내린 효자?

조선 시대에는 나라에서 백성을 교화하고 효자, 충신, 열녀의 정신을 드높이고자
백성들이 읽기 쉬운 그림책을 만들어 널리 보급했습니다. 이런 책 중 하나가 1617년에
나온 《동국신속삼강행실도》입니다. 나라에서 표창까지 받은 이름난 효자들의 사례들을
모아 놓았는데, 부모를 위해 자신의 신체를 훼손하거나 목숨을 바치는 일도
있었습니다. 요즘에도 효성 지극한 사람들의 사연을 곳곳에서 만날 수 있는데
과연 진정한 효는 무엇일까요?

이야기 ❶   효녀 지은

분황사 동쪽 마을에 한 여인이 어머니를 모시고 살고 있었다. 이 여인은 집이 가난해 구
걸을 해다가 어머니를 봉양했다. 마침 흉년이 들어 구걸도 할 수 없게 되자 여인은 남의
집 하인으로 들어가 날마다 종일토록 일을 했다. 저녁이면 먹을 것을 가지고 돌아와 어
머니께 드렸는데 그러던 어느 날 어머니가 "전에 먹던 음식은 아무리 거칠어도 마음이
편했는데, 요새 먹는 음식은 좋은데도 속을 찌르는 듯 마음이 편치 않으니 어찌 된 일
이냐?"라고 물었다. 여인은 할 수 없이 어머니께 사실을 털어놓았다. 어머니는 자신 때
문에 딸이 고생하는 것이 마음 아파 울고, 여인은 어머니의 배만 부르게 해 드렸지 마음
을 편하게 해 드리지 못한 것이 슬퍼서 울었다. 효종랑을 비롯한 화랑들이 이 소식을 듣
고는 곡식을 모아서 여인에게 보내 주었으며, 진성왕도 곡식과 집을 상으로 주었다.

이야기 ❷   허벅지 살을 베어 부모를 봉양한 향득

옛날 공주 지방에 향득이란 사람이 있었는데, 오랜
흉년으로 먹을 것이 없어 아버지가 굶어 죽을 지
경에 이르자 자기의 허벅지 살을 베어서 아버
지께 드렸다. 고을 사람들이 이 사실을 왕께
아뢰니 경덕왕이 지극한 효심을 칭찬하며
곡식 500석을 상으로 내렸다.

병든 어머니를 위해 다리 살을 베는 효자의 모습.
《이식할고도》, 《동국신속삼강행실도》, 서울대학교
규장각 소장.

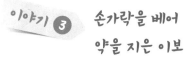

이야기 ❸ 손가락을 베어 약을 지은 이보

이보라는 사람은 아버지가 불치병에 걸
려 치료할 방법이 없자 밤낮으로 슬피 울었
는데, 꿈에 스님이 나타나 산 사람의 뼈를 아버
지께 먹이면 나을 것이라고 일러 주었다. 이보가 깜
짝 놀라 잠에서 깨어나서는 곧바로 자신의 손가락을 베어
약을 만들어서 아버지께 드렸더니 병이 씻은 듯이 나았다.

〈이보할지도〉, 《동국신속삼강행실도》,
서울대학교 규장각 소장.

이야기 ❹ 생명을 나눈 가족

간경화로 목숨이 위태로운 아버지를 위
해 고교생 남매가 함께 간 이식 수술을
했다. 먼저 고등학교 3학년인 오빠가 이식
수술을 결심했으나 크기가 충분하지 않
아 고등학교 2학년인 여동생도 용기를 내
어 함께 수술하기로 했다. 남매의 아버지
는 자식들의 몸에 칼을 대게 할 수 없다
고 완강히 반대했지만 남매가 끝까지 설
득해 수술을 받았다. 수술은 무사히 끝나
세 사람 모두 회복했고 이 소식을 접한
남매의 학교 교직원과 학생 들이 1억 원
이 넘는 수술비를 마련하기 위해 모금 운
동을 벌였다.

한나라 때 사람 강혁은 어려서 아버지를 여의고 홀어머니를 모시고 살았는데 대란이
일어나자 어머니를 업고 도망을 다녔다. 적들도 이 모습에 감동해 모자의 목숨을 보
전해 주었다. 이 이야기를 담은 그림인 〈강혁거효도〉, 《동국신속삼강행실도》, 서울대
학교 규장각 소장.

효녀 지은 이야기는 《삼국사기》와 《삼국유사》에 모두 실려 있어. 아주 유명한 이야기였던 모양이야. 어머니와 딸이 서로를 아끼는 마음이 참 감동적이지. 그런데 효자, 효녀의 이야기가 언제나 아름답기만 한 것은 아니야. 좀 끔찍한 방법으로 효도를 하는 이야기들을 들어 보면 그게 정말 효도일까 하는 생각이 들기도 해.

불효 가운데 가장 큰 불효가 부모가 준 신체를 손상하는 거라는 이야기도 있는데, 자신의 허벅지나 손가락을 잘라 부모의 병을 고치려 했던 것을 과연 효라고 부를 수 있을까?

조선 시대 사람들도 그런 고민을 한 모양이야. 손가락을 잘라 부모의 약을 지은 사람이 효자로 칭송받고 나라에서 표창을 받기는 경우도 있었지만 간혹 부모가 준 신체를 훼손한 불효자라고 해서 매를 맞고 귀양을 가기도 했다는군. 부모를 위해서 자식이 신체를 훼손하는 것은 진정한 효가 아니라, 효로써 효를 상하게 하는 것 즉 '이효상효(以孝傷孝)'라고 비판하는 사람들도 많았어.

그런데도 《삼강행실도》 같은 책에는 정성을 다해 부모님을 보살피는 현실적인 봉양의 사례보다는 극단적으로 스스로를 희생하는 자기 파괴적인 효심의 사례가 더 많아. 왜 그랬을까?

신체를 훼손해서까지 부모를 봉양하는 이야기는 이를 읽는 사람들에게 일종의 충격 요법이 됐을 거야. 이렇게까지 효도하는 사람도 있는데 나도 좀 더 노력해야지 하는 생각이 들 테니까. 이런 극단적인 효행이 효도의 모범으로 인식되거나 사회가 그렇게 하도록 사람들을 부추긴다면 큰 문제가 될 거야.

자기를 희생해서라도 부모를 위하려는 생각 그 자체만으로 나쁘다고는 할 수 없을 거야. 사실 아버지나 어머니가 자식을 위해서 자신을 희생하는 이야기는 더 많잖아.

그렇더라도 그런 효도가 진정으로 부모님을 위한 효인지, 아니면 자기 자신을 위한 효는 아닌지 곰곰이 생각해 보아야 할 것 같아. 알게 모르게 '나는 부모님을 위해서 이런 일까지 했다.' '나는 그보다 더한 효도는 없을 만큼 효도를 했다.'는 자기만족을 느끼지는 않았을까? 자식의 살을 먹은 부모의 심정이 살을 베는 고통보다 몇 배는 더 참담할 텐데 말이야.

현대에 와서는 간이나 신장에 큰 병이 생겨 다른 치료법을 찾을 수 없는 부모를 위해 자신의 장기를 나누어 주는 사람들을 종종 볼 수 있어. 하나뿐인 부모님을 살릴 수 있는 유일한 길이라지만 그렇게 큰 수술을 결심하다니 정말 훌륭한 사람들이야. 내가 만약 그런 상황이라면 어떻게 했을까? 수술이 무섭긴 하지만 부모님을 살릴 수 있는 길이 있는데도 돕지 못하고 결국 부모님이 돌아가신다면, 아마 평생 후회하겠지? 그래, 심청이도 아마 이런 마음이었을 거야.

'효'를 표현한 문자도.

우리 속담에 '내리사랑은 있어도 치사랑은 없다.'라는 말이 있어. 부모님이 자식에게 주는 사랑에 비하면 자식이 부모를 생각하는 사랑은 아주 작을 수밖에 없다는 거지. 옛날부터 오늘날까지 효자들은 많지만 자식은 부모가 되어 보기 전에는 부모의 마음을 다 헤아리지 못한다고 하잖아?

진정으로 부모님을 위하는 효도를 해야지, 자기 자신을 위한 효도를 한다면 거기엔 더 이상 효의 의미가 없을지도 몰라. 아버지를 위해 간 이식 수술을 한 남매의 효심은 아버지에게 떼어 준 간에 있는 것이 아니라, 아버지를 위해 수술대에 누운 그 마음에 있는 거니까. 이식 수술 이후에 부모와 자식이 서로를 더욱 사랑하고 아낀다면 그게 진짜 효일 거야.

부녀가
이별하던 슬픈 아침

동쪽 하늘이 서서히 밝아 오는 것을 보고 심청은 아버지 아침진지나 마지막으로 지어 드리려고 방문을 열고 나섰다. 그런데 사립문 밖에는 벌써 뱃사람들이 찾아와 웅성거리고 있었다. 뱃사람들이 죽으러 가는 사람 마지막 새벽잠을 깨우지는 못하고 문밖에서 그저 기다리고만 있다가 심청이 나오는 것을 보고는 미안스레 재촉한다.

"심 낭자, 날이 밝았소."

"오늘이 배 떠나는 날이니 이제 그만 가십시다."

심청이 뱃사람들을 보고 이 말을 듣더니만, 어느새 얼굴빛이 파래지고 손발에는 힘이 빠졌다. 겨우 정신을 차려 우두커니 서 있다가 목이 메는 소리로,

"여보시오, 사공님들! 오늘이 약속한 날인 줄은 알고 있지만, 우리

부친께서 내 몸 팔린 것을 아직 모르고 계신다오. 만일 아시면, 야단이 날 테니 잠깐 기다리오. 진지나 마지막으로 지어 드린 후에 따라가겠나이다."

뱃사람들이 심청의 그 말을 가련하게 여겨 허락하자, 심청이 부엌으로 들어가 눈물로 밥을 지어 부친께 올린다. 밥상머리에 앉아 아무쪼록 많이 잡수시게 하느라고 고등어자반도 떼어 입에 넣어 드리고 김도 싸서 수저에 놓으며,

"아버지, 진지 많이 잡수세요."

하니, 심 봉사는 영문도 모르고 환한 낯빛으로 말한다.

"아가, 오늘은 반찬이 유난히 좋구나. 뉘 집 제사였느냐? 그런데 아

가, 이상한 일도 참 많더구나. 간밤에 꿈을 꾸었는데 네가 큰 수레를 타고 한없이 먼 곳으로 가더구나. 수레라 하는 것이 본래 귀한 사람 타는 것인데, 장 승상 댁에서 너를 가마에 태워 가려는가 보다."

심청이는 듣고 자기가 죽을 꿈인 줄 짐작했건만, 아버지가 편하게 진지 드시라고 또 거짓말을 한다.

"아버지, 그 꿈 참으로 좋습니다."

상을 물리고 담배 태워 올린 뒤에, 남은 밥을 앞에 놓고 한술을 뜨려 하니 눈물로 목이 멘다. 아버지 신세 생각하고, 저 죽을 일 생각하니 정신이 아득하고 몸이 벌벌 떨려 숟가락을 내려놓고 일어선다. 이렇게 심청이 방 안에 아버지와 있는데, 바깥에서 기다리던 뱃사람들의 목소리가 들려온다.

"심 낭자! 물때가 늦어 가니 어서 배 타러 떠납시다."

심 봉사가 깜짝 놀라,

"아가, 이게 무슨 소리냐? 밖에 저 사람들은 다 누구냐? 승상 댁에 가면 가마를 타고 가면 되는데, 배를 타고 어디를 간단 말이냐?"

심청이 더 이상 울음을 참지 못하고 심 봉사의 목을 끌어안고 통곡하며 말한다.

"아이고, 아버지! 못난 딸자식이 아버지를 속였어요. 우리에게 공양미 삼백 석을 누가 주겠어요. 남경으로 장사하러 가는 뱃사람들에게 인당수 제물로 몸을 팔았으니, 오늘이 죽으러 가는 날입니다. 아버지!"

심 봉사가 눈을 뜨기는커녕 눈 빠질 말을 듣더니만, 심청이를 붙들고 실성 발광을 한다.

"뭣이라? 다시 말해 보아라. 이것이 웬 말이냐? 청아! 무엇이 어쩌고 어째? 못 간다, 못 가. 네가 나한테는 묻지도 않고 네 마음대로 정했느냐? 누가 그리 가르쳤느냐? 네가 살아 눈을 떠야지 자식 죽여 눈을 뜬들 그게 차마 할 짓이냐? 자식이 죽으면 멀쩡히 보던 눈도 먼다는데, 자식을 죽이고 먼 눈이 뜨이는 법이 어디 있냐? 너는 못 간다, 절대 못 가!"

"돈을 이미 받았으니 어쩔 수 없어요."

"몽운사에 기별해 쌀을 도로 찾아 주면 되지. 어서 몽운사로 가자."

"한번 시주한 것을 어찌 도로 찾나요. 벌써 쓰고 없을 거예요."

"인당수 용왕님이 사람 제물을 받는다면, 그러면 내가 대신 가마. 이보게, 나를 대신 데려가게!"

"나이 십오 세 여자라야 된대요. 아버지는 못 가요."

심 봉사는 딸이 말을 듣지 않자, 엎더지고 자빠지며 달려 나가 문밖에 선 사람들을 향해 억지를 부린다.

"네 이놈, 천하에 몹쓸 놈아! 장사도 좋지마는 사람 사다 제사 지내는 법을 어디서 보았느냐? 눈먼 놈의 철모르는 어린애를, 나 모르게 유인해서 값을 주고 산단 말이냐? 돈도 싫고 쌀도 싫다. 눈 뜨기도 다 싫다. 무지한 뱃놈들아, 옛글을 모르느냐? 칠 년 큰 가뭄에 사람 잡아 하

● 칠 년~하셨느니라 고대 중국의 은나라에 칠 년 동안 가뭄이 들어 점을 치니, 사람을 제물로 바쳐 기우제를 지내야 한다고 했다. 이에 탕임금은 "백성을 위해 기우제를 드리는데 도리어 백성을 제물로 삼을 수 없다." 하며, 스스로 제물이 되어 자신의 손톱, 발톱, 머리카락을 잘라 땅에 묻고 기우제를 지내니 큰비가 내렸다고 한다.

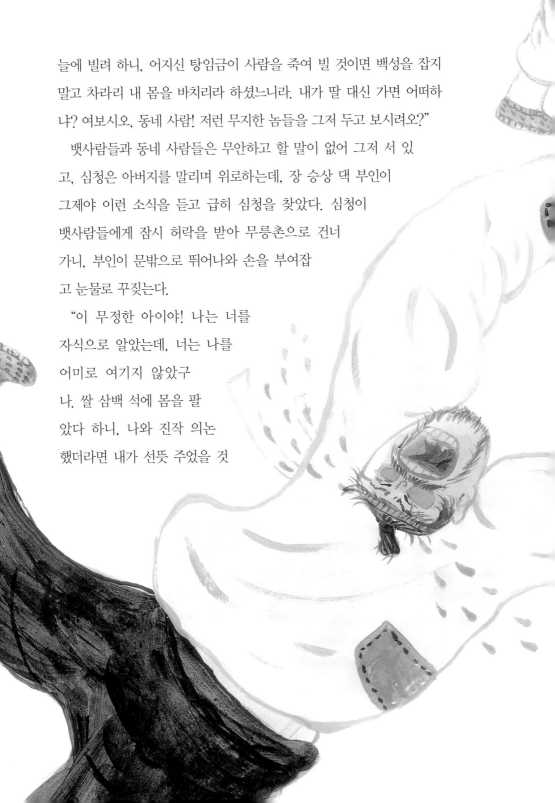

늘에 빌려 하니, 어지신 탕임금이 사람을 죽여 빌 것이면 백성을 잡지
말고 차라리 내 몸을 바치리라 하셨느니라. 내가 딸 대신 가면 어떠하
냐? 여보시오, 동네 사람! 저런 무지한 놈들을 그저 두고 보시려오?"

　뱃사람들과 동네 사람들은 무안하고 할 말이 없어 그저 서 있
고, 심청은 아버지를 말리며 위로하는데, 장 승상 댁 부인이
그제야 이런 소식을 듣고 급히 심청을 찾았다. 심청이
뱃사람들에게 잠시 허락을 받아 무릉촌으로 건너
가니, 부인이 문밖으로 뛰어나와 손을 부여잡
고 눈물로 꾸짖는다.

　"이 무정한 아이야! 나는 너를
자식으로 알았는데, 너는 나를
어미로 여기지 않았구
나. 쌀 삼백 석에 몸을 팔
았다 하니, 나와 진작 의논
했더라면 내가 선뜻 주었을 것

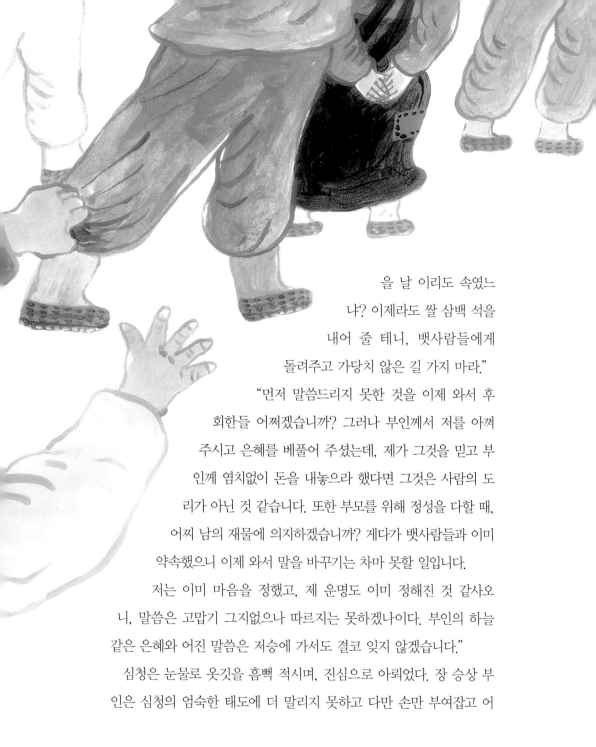

을 날 이리도 속였느
냐? 이제라도 쌀 삼백 석을
내어 줄 테니, 뱃사람들에게
돌려주고 가당치 않은 길 가지 마라."

"먼저 말씀드리지 못한 것을 이제 와서 후
회한들 어쩌겠습니까? 그러나 부인께서 저를 아껴
주시고 은혜를 베풀어 주셨는데, 제가 그것을 믿고 부
인께 염치없이 돈을 내놓으라 했다면 그것은 사람의 도
리가 아닌 것 같습니다. 또한 부모를 위해 정성을 다할 때,
어찌 남의 재물에 의지하겠습니까? 게다가 뱃사람들과 이미
약속했으니 이제 와서 말을 바꾸기는 차마 못할 일입니다.

저는 이미 마음을 정했고, 제 운명도 이미 정해진 것 같사오
니, 말씀은 고맙기 그지없으나 따르지는 못하겠나이다. 부인의 하늘
같은 은혜와 어진 말씀은 저승에 가서도 결코 잊지 않겠습니다."

심청은 눈물로 옷깃을 흠뻑 적시며, 진심으로 아뢰었다. 장 승상 부
인은 심청의 엄숙한 태도에 더 말리지 못하고 다만 손만 부여잡고 어

루만진다.

"내가 너를 만난 뒤로 친딸 같은 정을 느꼈더란다. 잠시만 떨어져도 보고 싶고 잊히지 않았는데, 네가 죽으러 가는 것을 그저 두고만 볼 수 없구나. 잠깐 기다리면, 네 얼굴과 네 모습을 그림으로 그려 두고 평생 그 그림이라도 보고 싶구나. 잠시만 기다려라."

장 승상 부인은 급히 화공을 불러 분부하기를,

"여보시게, 정성을 다해서 지금 심청의 얼굴과 태도, 입은 옷과 수심 겨워 우는 모습을 조금도 빠짐없이 그대로 그려 주게. 상을 많이 줄 것이니, 부디 잠깐의 노고를 아끼지 말게나."

화공이 부인의 간절한 말을 듣고는 공손한 자세로 족자를 펼쳐 놓고 심청을 똑똑히 바라본 후 이리저리 그려 낸다. 푸른 머리는 광채가 찬란하고, 근심 머금은 얼굴엔 눈물 흔적이 뚜렷하며, 고운 손발 아름다운 자태가 분명한 심청이라. 심청의 화상을 끌어안고 통곡하는 장 승상 부인에게 심청은 마지막 절을 하고는 집으로 돌아와 심 봉사를 마주한다.

심청이 이제는 가야 한다며 아버지를 마지막으로 부르고 절을 하려고 일어설 때, 심 봉사가 기가 막혀 죽을 듯이 버둥거리니, 이리 구르고 저리 구르며 마른 땅에 새우 뛰듯 펄떡대고, 석쇠에 고등어를 굽는 모양으로 아주 자반뒤집기를 하는구나.

"안 된다. 안 돼! 날 버리고는 못 가지야! 아이고, 이놈의 신세 보소. 마누라도 죽고, 자식까지 마저 잃네. 네가 나를 죽이고 가지, 그냥은 못 가리라. 차라리 날 데리고 가거라. 네 혼자는 못 가리라. 아아아."

심 봉사가 미쳐 갈수록 심청은 오히려 마음을 다잡고 더욱 의연해
진다.

"아버지, 부녀간의 인연을 끊고 싶어 끊사오며, 죽고 싶어 죽겠습니
까? 다 하늘이 정한 일이라 생각하시고 부디 마음을 편케 가지세요.
저는 비록 죽더라도 아버지는 눈을 떠서 밝은 세상 보시고, 착한 사람
구하셔서 아들 낳고 딸을 낳아 만수무강하세요."

이 모습을 지켜보고 있는 동네 사람들이며 뱃사람들이 모두 다 눈
물을 짓는다. 이때 뱃사람들이 의논하기를,

"심 낭자의 효성과 심 봉사의 처지를 생각하니, 속에서 눈물 나고
도리어 부끄럽네그려. 이왕 이렇게 됐으니 물릴 수는 없고, 봉사님이
굶고 헐벗지 않게 한 살림 꾸려 주면 그것이 어떻겠나?"

"그 말이 옳소. 그리하면 우리 마음도 좀 편하겠네."

　뱃사람들은 쌀과 돈, 그리고 옷
감을 가진 대로 각자 내어 놓아 동네 사람
들에게 맡기고는 심 봉사를 돌보아 줄 것을 당
부했다.

　"쌀 이십 석은 올해 양식으로 남겨 두고, 나머지
는 빚을 주어 달마다 해마다 이자를 받으면 평생 먹고 쓸 밑천으론 넉
넉할 듯하오."

　마침내 심청은 부여잡은 부친의 손길을 뿌리치고 마지막 절을 올린
후에, 동네 사람들에게 아버지를 부탁하고 떠나간다. 심 봉사는 심청
의 가는 길을 말리다 못해 기절하니 동네 사람들이 달려들어 부축하
고, 심청이는 비틀비틀 뱃사람들을 따라간다. 낡은 치맛자락은 바닥
에 끌리고, 흐트러진 머리채는 눈물에 젖은 채로 헝클어져 늘어졌다.
심청이 설운 눈물로 노래를 부르니, 심청이 어릴 때 젖 주던 아낙들과
같이 놀던 동무들이 비 같은 눈물을 흘리며 그 뒤를 따른다.

아무개네, 큰 아가!
작년 오월 단옷날에 그네 뛰고 놀던 일이 너도 생각나느냐?
아무개네, 작은 아가!
금년 칠월 칠석 밤에 함께 소원 빌자 했는데 이제는 허사로다.
이제 가면, 언제나 다시 보랴?
너희들은 팔자 좋아 부모 모시고 잘 있어라,
나는 오늘 우리 부친 이별하고 죽으러 가는 길이로다.

인당수 가던 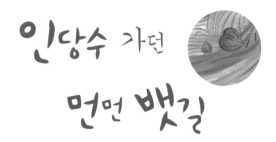 먼먼 뱃길

심청이 떠나가는 아침에 하늘도 그 슬픈 모습을 굽어보셨는지, 밝은 해는 빛을 잃고 어두침침한 구름만 자욱하다. 푸른 산 맑은 물도 슬픔에 잠기니 흐드러진 들꽃들도 시들어 제빛을 잃고, 바람에 하늘거리던 버들가지도 흐느끼는 듯 늘어지고, 다정한 복사꽃만이 점점이 떨어져 심청의 옷깃을 붙드는 듯이 휘날려 온다. 한 걸음에 돌아보고 두 걸음에 눈물지으며 포구에 다다르니, 무쇠 같은 뱃사람들은 심청이를 인도해 배에 태운 뒤에, 닻을 올리고 돛을 달고, 키를 돌리고, 노를 들어 바다로 나아간다.

"어기야, 어기여차!"

"어기야, 어기여차!"

"두리둥 둥둥"

"두리둥 둥둥"

북을 둥둥 울리면서 뱃노래에 장단을 맞추니, 이를 좇아 물결이 굽이굽이 흐르고, 북장단에 맞춰 노를 힘껏 저으니, 순풍에 돛 단 배는 쏜살같이 나아간다. 곧이어 너르고 너른 바다가 눈앞에 펼쳐지고, 잔물결은 깊어져 고래가 뒤척이는 듯하다. 육지가 점점 멀어지니 배를 따르던 갈매기는 뭍으로 돌아가고 저 멀리 산봉우리는 물결 위에 오락가락한다. 심청이 탄 배는 망망대해로 나가고, 배 위에서 날이 저문다.

심청은 난생 처음 보는 바다가 살아서 마지막으로 보는 경치인지라 마음이 서글플수록 바다는 더욱 아름다워 보인다. 지는 노을에 붉게 물든 바다는 주홍 비단을 펼친 듯이 황홀하고, 달 뜨고 별이 총총 하늘에 박히니 바다에도 달 뜨고 별이 떠서 물결마다 눈물을 머금은 듯 눈부시다. 이태백이 시를 지은 장강이 이러한가, 소동파가 술에 취한 적벽강의 밤이 이러한가, 백거이가 이별을 노래한 심양강이 이러한가, 소상강의 여덟 가지 빼어난 경치가 이러한가. 심청이 바다를 하릴없이 바라보다가 자신의 처지를 돌아보니 한숨이 절로 난다.

'물 위에서 잠을 잔 지 몇 밤이며, 배 위에서 밥을 먹은 지 몇 날 며칠이냐? 가다가 죽자 해도 뱃사람이 지키고 섰고, 살아서 돌아가자 하니 고향 땅이 멀고도 멀다.'

- **이태백(李太白)** 중국 최고의 시인으로 추앙되며 시선(詩仙)으로 불리는 중국 당나라 시인 이백(李白).
- **소동파(蘇東坡)** 중국 북송의 문인 소식(蘇軾). 송나라 최고의 시인이자 당송 팔대가의 한 사람으로 〈적벽부〉를 지었다.
- **백거이(白居易)** 중국 당나라의 시인. 〈장한가〉를 지었다.

이처럼 탄식하고 있는데, 잠시 꿈을 꾼 것일까 아니면 슬픔이 깊어 잠시 정신을 잃은 것일까. 바다 위 저만치에 신기루가 어린다. 향기로운 바람이 일어나며 노리개 소리 쟁강쟁강 들리더니 어떤 두 부인이 대숲 사이로 나온다.

"저기 가는 심 낭자야, 우리 이야기를 들어 보렴. 순임금이 돌아가신 후로 수천 년이 지났지만, 소상강의 대나무에는 우리가 흘린 눈물 자국이 지워질 줄 모른단다. 지아비를 잃은 한과 그리움을 하소연할 곳이 없다가 지극한 너의 효성을 듣고 반겨 찾아왔노라. 물길 먼먼 길을 조심해 다녀가라."

하고는 문득 간데없기에 심청이 기이하게 생각하니,

'그 두 사람은 순임금의 왕비인 아황, 여영 두 부인이로구나. 그런데 두 분이 어찌 나를 알고 오셨는고?'

이어서 햇빛이 밝게 비치고 물결은 잔잔한데, 또 한 사람이 나온다. 이 사람은 파리한 얼굴에 몸이 바싹 말랐다.

"심 낭자는 나를 보아라. 나는 간신배의 모함으로 나라에서 쫓겨나고 나라를 걱정하다 물에 몸을 던져 물고기의 밥이 되었으니, 나라를 걱정하는 나의 충절은 멱라수의 고기 배 속에 들어 있을 것이다. 그대는 부모 위해 효성으로 죽고, 나는 나라 위해 충성으로 죽었으니, 충과 효는 같은지라. 내 너를 위로코자 여기에 나왔으니, 너르고 너른 바닷길에 평안히 다녀가라."

심청이 곰곰이 생각한다.

'이 사람은 분명 초나라 굴원이로구나. 죽은 지 수천 년 넘은 혼백들

이 눈에 보이니, 내가 벌써 귀신이 되었나? 어찌 되었든 나 죽을 징조가 분명하구나.'

그러다 문득 정신을 차려 보니 갑자기 천지가 요동치고 잔잔하던 바다는 온데간데없다. 광풍이 크게 일고 파도가 세차게 일어나니, 천둥과 파도 소리가 자던 용이 놀라 울고 성난 고래가 물을 뿜는 듯하다. 이곳이 바로 인당수라, 심청이 탄 배는 너른 바다 한가운데 노도 잃고 닻도 부러지고 용총줄도 끊어지며 키도 빠졌는데 바람 불어 돛대가 우지끈 딱 하며 태산 같은 물결에 뱃머리가 빙빙 돌아간다. 갈 길은 천리만리 남아 있고, 사면은 어둑해 지척을 분별할 수 없는데 배가 순식간에 위태하니 사람들은 겁이 나서 혼백이 다 달아날 지경이다.

뱃사람들이 황급히 고사 상을 차려 낸다. 한 섬 쌀로 밥을 짓고, 한 동이 술을 내고, 큰 소 잡아 삶아 내고, 큰 돼지 삶아 통째로 놓고, 삼색 과일 오색 탕국을 방위 맞춰 벌여 놓고, 심청이를 데려다가 맑은 소복 입혀서 상 앞에 앉혀 놓고, 우두머리 뱃사공이 앞에 나서 고사를 지낸다. 두리둥 두리둥 북을 울리면서 비는 말이,

"하늘에 계신 옥황상제, 동서남북과 중앙에 오방신장, 네 바다의 사해용왕, 저승의 염라대왕 모두 굽어살피소서. 하늘 아래 만물이 제

• **아황**(娥皇), **여영**(女英) 요임금의 두 딸로, 순임금의 아내였던 자매. 순임금이 창오산에서 죽자, 두 부인이 달려와 슬피 울다 강에 몸을 던져 남편을 따라 죽었다. 그때 두 부인이 흘린 눈물이 대밭에 떨어졌는데, 그 뒤로 소상강 대나무에는 보라색 반점이 생겼다고 한다.

• **굴원**(屈源) 초나라의 시인이자 충신. 왕족 출신으로 높은 벼슬에 올라 나라를 잘 다스렸으나, 간신배의 모함으로 쫓겨난다. 그 후 동정호 주변을 떠돌면서 초나라를 걱정하다가 멱라수에 몸을 던져 죽었다고 한다.

• **용총줄** 돛대에 매어 놓은 줄. 돛을 올리거나 내리는 데 쓴다.

각각 역할을 타고나니 우리는 배를 타고 장사하기가 직업이옵니다. 헌원씨는 배를 만들어 막힌 곳 건너다니게 하고, 하우씨는 구 년 홍수를 다스려 물길을 내시고, 신농씨는 상업을 가르쳐 후생들이 이어받아 편히 살게 하셨으니, 우리의 직업은 세 임금이 주신 일이옵나이다. 바다에 배를 띄워 남경 장사 가옵는데, 인당수 용왕님은 사람 제물을 받으시니 황주땅 도화동에 흠 없고 행실 바르고 효심 지극한 십오 세 처녀 심청이를 제물로 바치오니, 부디 굽어살피소서. 순풍에 돛 달고 접시 물에 배 띄운 듯이 배는 무쇠 배가 되고 닻도 무쇠 닻이 되어 너르고 깊은 바다 무사히 건너게 해 주시고, 재물을 많이 얻어 춤추며 돌아오게 돌보아 주옵소서!"

우두머리 뱃사람은 제문 읽기를 마치고는 북을 둥둥 울리고 심청을 쳐다보며 성화같이 재촉한다.

"여보게, 심 낭자! 시간이 늦어 가니, 어서 급히 물에 드시게."

심청이 이 말 듣고, 정신이 혼미해졌다. 겨우 뱃전을 붙들고서 손발을 벌벌 떤다. 그래도 부친 생각에,

"여보시오, 선인님네. 우리 부친 계신 도화동이 어느 쪽이오?"

뱃사람이 손을 들어 멀리 도화동을 가리킨다.

"저기 허공이 적막하고 흰 구름이 담담한 곳, 그 아래가 도화동일세!"

심청이 그곳을 바라보며 두 손을 합장한 채 뱃전에 꿇어 엎드린다.

"아이고, 아버지! 심청은 죽거니와 아버지는 눈을 떠 천지 만물을 보옵소서. 나 같은 불효 여식을 생각지 마옵소서. 나 죽기는 섧지 않으나, 혈혈단신 우리 아버지 누구를 의지하실꼬?"

가슴을 두드리며 애걸복걸하다 자세를 고쳐 앉아 하느님께 비는구나.

"비나이다, 비나이다. 하느님 전 비나이다. 부친의 깊은 한을 생전에 풀려 하고 이 죽음을 받사오니, 부디 아비 눈을 뜨게 해 주옵소서."

그러고는 뱃사람들을 돌아보며,

"여러 선인님네, 남은 길을 평안히 가옵소서. 억만금 이익을 남겨 이곳을 오고 갈 때, 나의 혼백 불러내어 부친 소식이라도 전해 주오."

"그것일랑 걱정 말고, 어서 급히 물에 드소."

심청이 뱃머리에 서서 물결을 굽어본다. 태산 같은 파도가 뱃전을 두드리고, 풍랑은 우르르르 들이쳐 물거품이 북적인다. 심청이 물로 뛰어들려다가 겁이 나서 뒷걸음질 치다가 뒤로 벌떡 자빠진다. 망연자실 앉았다가, 바람 맞은 사람처럼 이리 비틀 저리 비틀 뱃전으로 다가가서 다시 한 번 생각한다.

'내가 이리 겁을 내며 주저주저하는 것은 부친에 대한 정이 부족하기 때문이라. 이래서야 자식 도리 되겠느냐?'

마음을 다잡고서 치마폭을 뒤집어쓰고, 두 눈을 딱 감았다. 그러고는 뱃전으로 우루루루루루 달려 나가 손 한 번 헤치고 넘실거리는 바닷속으로 몸을 던지면서,

"아이고, 아버지! 나는 죽으오."

● **헌원씨(軒轅氏)** 중국 고대 전설상의 제왕. 곡물 재배를 가르치고 도량형 따위를 정했다.
● **하우씨(夏禹氏)** 중국 하나라의 우임금을 이르는 말.
● **신농씨(神農氏)** 농업·의료·악사(樂師)의 신, 주조(鑄造)와 양조(釀造)의 신, 역(易)의 신, 상업의 신이다.

뱃머리에서 거꾸러져 깊은 물로 풍덩.

꽃 같은 몸은 풍랑에 휩쓸리고, 밝은 달은 물속에 잠긴 듯 고요하다. 하늘을 날던 외기러기는 북쪽 하늘로 울고 가고, 만경창파 너른 바다 위에 무심한 백구는 쓸쓸히 날아든다. 지켜보던 뱃사람들 마음도 처량해 모두들 얼굴을 돌리면서 울며 말한다.

"아차차, 불쌍하다. 장사도 좋거니와 산 사람 사서 물에 넣고 우리 뒷일이 잘 되겠느냐? 내년부터는 이 장사를 그만두자. 닻 감아라, 이제 가자."

심청의 연약한 몸이 캄캄한 물속으로 빠지고 난 뒤, 어느새 바람이 잦아들고 물결은 고요해졌다. 자욱하던 안개도 걷히고, 하늘은 맑은 아침처럼 밝았다. 고사를 지낸 우두머리 사공이 먼 바다를 한 번 바라보고는 말한다.

"고사를 지낸 후에 날씨가 개고 바람이 잦아드니, 이 모두 심 낭자의 덕이 아닌가?"

뱃사람 모두 같은 생각이라, 심청을 위해 다시 고사를 지낸 뒤에 술과 고기를 나눠 먹고는, '어그야 에헤, 어허 어그야' 뱃노래 한 곡조에 순풍에 돛을 달고 술렁술렁 남경을 향해 떠나갔다.

잔혹한 신성의 세계

《심청전》에서 어린 심청이가 인당수에 제물로 바쳐지는 장면은 우리에게 다소 충격을 줍니다. 하지만 이것은 옛날이야기에 나오는 허구만은 아니지요. 해신의 노여움을 풀기 위해 제물로 산 사람을 바치는 '바다 인신 공양'은 고대 동아시아의 보편적인 풍속이었다고 합니다. 사람을 제물로 바치는 인신 공양은 고대에 전 세계적으로 널리 행해진 관습이었고요. 그럼 세계 각지에 퍼져 있는 인신 공양의 흔적을 찾아서 잔혹한 신성의 세계로 떠나 봅시다.

인신 공양과 신성의 세계

인간은 언젠가는 죽고 마는 유한한 존재이기 때문에 무한한 세계에 대한 끊임없는 열망에 시달립니다. 그렇지만 인간의 유한성을 초월한 세계는 살아 있는 인간이 결코 도달할 수 없는 신의 영역이거나 초자연이지요. 고대의 인간들은 인신 공양 의식을 치르며 삶과 죽음이 교차하는 순간을 지켜보았습니다. 그리고 엄숙한 의식이 이루어지는 동안 인간을 초월한 세계의 신성을 느꼈습니다. 신에게 바쳐진 희생물은 유한한 존재이지만 죽음을 통해 무한한 존재의 세계로 흡수됐지요. 이는 장중한 종교적 죽음에서나 느낄 수 있는 신성이며 우리가 평소에 알기란 힘듭니다.

바다에 바치다

일본 《일본서기》에는 전하는 이야기입니다. 2세기 즈음에 태자인 야마토 타케루가 동방의 변란을 정벌하기 위해 항해를 하던 중이었습니다. 갑자기 폭풍이 일어 배가 난파될 위기에 처했는데, 배에 타고 있던 한 여자가 스스로 바다에 몸을 던지니 폭풍이 이내 잠잠해졌다고 합니다.

우리나라 우리나라의 《화랑세기》에도 비슷한 바다 인신 공양 이야기가 나옵니다. 신라에서 당나라 조정에 여자를 바치기 위해 배에 태워 가던 중에 파도가 거세졌습니다. 뱃사람들이 여자 중 한 명을 바다에 빠뜨려서 해신의 분노를 가라앉혀야 한다고 했습니다. 그러자 예원이라는 사람이 나서서 "사람의 목숨은 지극히 중한데 어찌 함부로 죽이겠는가." 했고 양도라는 사람도 이 말에 동조했습니다. 그런데 이 말이 끝나자마자 신기하게도 바다가 잠잠해졌다고 합니다. 이처럼 해신에게 제물로 여자를 바치는 풍습이 고대 동아시아에 존재했으나, 《화랑세기》에서처럼 인간을 희생시키는 풍습은 옳지 못하다고 여겨져 고대 이후에는 사라졌습니다. 우리나라에서도 《심청전》을 제외하고는 이런 내용의 구비 전승이나 기록물을 거의 찾아볼 수 없습니다.

종에 바치다

중국 고대 중국에서는 '흔종 의식'이라 하여 새 종을 만들고 나면 희생 제물의 피를 종에 발랐다고 합니다. 《맹자》에는 위나라의 제후인 양혜왕이 제물로 끌려가면서 슬프게 우는 소를 가엾게 여겨 양으로 대신하라고 명했다는 이야기가 실려 있습니다.

우리나라 우리가 잘 알고 있는 에밀레종 전설도 이와 비슷하지요. 국보 제29호인 성덕 대왕 신종의 다른 이름인 에밀레종은 771년에 만들어졌으나 현대 과학 기술로도 그 아름답고 깊은 소리를 재현해 낼 수 없다고 합니다. 특히 소리의 여운이 유난히 길어서 끊어질 듯 작아지다가도 다시 이어지는 소리가 3분까지 계속된다고 합니다. 그 이 소리의 비밀이 종을 만들 때 제물로 바쳐진 한 아이의 울음소리라는 전설이 있지요. 오늘날까지 풀리지 않는 성덕 대왕 신종의 아름다운 신비가 아기 공양 전설을 만들어 낸 것일지도 모릅니다.

성덕 대왕 신종. 국립경주박물관 소장.

건축물에 바치다

어인보 전설 전라남도 장흥군 부산면 용반리 어인보(御印洑)에 얽힌 전설이 있습니다. 어인보의 둑이 잘 터져 피해가 잦자 이 고장 사람들이 도사에게 해결책을 물었습니다. 도사는 산 사람을 제물로 바쳐야 한다고 했지요. 마침 지나가던 거지 부자가 있어 마을 사람들은 거지의 아들을 돈으로 사서 보 아래에 제물로 파묻었습니다. 그랬더니 둑이 터지는 일이 없어졌지요. 하지만 아들을 판 거지는 유양리의 벼락바위를 지나다 벼락을 맞아 죽었다고 합니다.

인주 풍습 과거에는 성 쌓기, 둑 쌓기, 다리 놓기 등의 대규모 토목 공사를 할 때에 산 사람을 물속이나 흙 속에 함께 파묻는 풍습이 있었는데 이를 '사람 기둥', 즉 인주(人柱)라 합니다. 사람의 영혼이 건축물을 받치고 있기 때문에 견고하고 안전할 것이라는 생각에서 행해진 풍습이지요. 우리나라 여러 곳에서 이러한 인주 설화가 전설로 전해 오고 있습니다. 규모가 큰 토목 공사일수록 사고로 사상자가 발생하는 일이 잦은데, 이런 희생을 거쳐 후세 사람이 혜택을 입는다는 생각이 인주 설화로 이어졌을 것입니다. 전라남도 영암군 시종면 신학리의 소바우 마을, 경상북도 상주시 공검면의 공갈못, 전라남도 순천시 상사면 흘산리 우산보 등에서 이런 전설이 전해 옵니다.

무덤에 바치다

은나라의 인신 공양 제사 문헌에 따르면 고대 중국에는 하, 은, 주 세 나라가 있었다고 합니다. 하지만 하나라는 전설 속의 나라로 여겨지고 은나라는 갑골문이 출토되면서 역사상 실재한 나라임이 증명되었습니다. 은나라는 기원전 1100년, 주나라에 멸망할 때까지 중국을 지배했습니다. 은나라는 점술로 나라를 다스리면서 제사를 많이 지냈는데 포로로 잡혀 온 사람들을 제물로 바치는 인신 공양 제사를 드린 기록이 갑골문으로 남아 있습니다. 또한 건물을 세울 때도 인신 공양 제사를 지낸 것으로 보이는데, 중국 안양에서 발굴된 은나라 궁전의 기단에서 수십 구의 시체가 짐승의 사체와 함께 출토된 것을 보면 은나라 사람들도 죽은 사람의 영력이 건물을 유지한다고 믿었던 모양입니다.

은허 유적지.

진시황릉의 병마용갱.

은나라의 순장 중국 안양시의 외곽에 있는 은대의 고분에서 70구가 넘는 시신과 참수된 목이 발견되었습니다. 왕의 무덤으로 추정되는 이 무덤이 만들어질 때, 왕의 호위 무사들과 시종들을 함께 생매장하는 순장이 이루어진 것으로 보입니다. 무덤의 부장품과 갑골문 등 은허 유적에서 출토된 유물들은 중국 안양 은허 박물관에 전시되어 있습니다. 이로부터 1000년 후 만들어진 진시황제의 무덤에는 병사들을 생매장하는 대신 도기로 구운 실물 크기의 인형을 넣었는데 이것이 유명한 병마용입니다.

태양에 바치다

아즈텍 제국의 희생 제의 고대 남미에서 번성한 아즈텍 제국은 신이 희생해 태양이 되었다는 태양 신화를 믿었습니다. 그에 따라 신의 희생과 보살핌에 보답하기 위해 인간 희생물을 바쳐 제사를 지냈습니다. 인간의 피를 바쳐 태양의 소멸을 막거나 늦출 수 있다고 믿었던 것이지요. 아즈텍인들은 희생물을 바쳐야 할 시기가 되면 '꽃의 전쟁'을 일으켜 주변 나라에서 포로를 잡아와 제물로 바쳤습니다. 그러나 아즈텍 제국은 1520년 에스파냐 침략자들에게 멸망하고 말았습니다.

다리를 구부려 세우고 비스듬히 누운 남자의 조각상은 메소아메리카 전 지역에서 발견된다. 신전마다 한 개 이상 놓여 있는데, 석상의 가슴 쪽에 들고 있는 그릇에 제물로 바쳐진 인간의 심장을 담았을 것으로 추측한다.

수궁에 들어가 어머니를 만나고

바로 그때 옥황상제께서 사해용왕을 불러 명을 내리고 있었다.

"오늘 하늘이 내린 효녀 심청이가 인당수에 빠져 그곳에 갈 것이니, 몸에 물 한 점 묻지 않게 하라. 여덟 선녀가 인도해 수정궁에 고이 모셨다가, 삼 년이 지나거든 인간 세상으로 다시 돌려보내야 한다. 만약 명을 어기는 자는 용궁의 왕이든, 염라국의 왕이든 중벌을 받으리라."

옥황상제의 명이 사뭇 엄숙하니 인당수 물속의 용왕과 문무백관, 시녀 들이 모두 놀라 백옥 가마를 마련해 심청이 오기를 기다린다. 과연 옥 같은 낭자가 물속으로 들어오기에 선녀들이 받들어 가마로 이끌었다.

인당수 너른 바다에 몸을 던진 심청이는 눈앞이 아득해지니 죽은 줄로만 알았는데, 갑자기 오색 무지개가 영롱하고 온갖 향내가 코를

찌르며 맑은 피리 소리가 은은히 들려왔다. 이어서 꽃 같은 여덟 선녀가 다가와서 가마에 태우려고 하니 어리둥절해 묻는다.

"속세의 비천한 인간이 어찌 가마에 타겠습니까?"

여러 선녀가 공손히 아뢰기를,

"옥황상제의 분부가 지엄하니, 만일 타지 않으시면 저희 수궁이 오히려 화를 입을 것입니다. 부디 사양치 마시고 타옵소서."

심청이 마지못해 가마 위에 높이 앉으니 여러 시녀가 가마를 메고 여덟 선녀가 곁을 따르며 바다의 장졸들이 늘어서서 호위한다. 이윽고 용궁의 음악이 울려 퍼지는데, 옥피리, 옥퉁소, 거문고, 비파 소리에 신비로운 격구 소리, 북소리가 더해지니 인간 세상의 음악과는 전혀 달랐다. 잠시 후 수정궁에 다다르니, 신선과 선녀 들이 심청을 보려고 좌우로 늘어서 있다. 태을진인은 학을 타고, 적송자는 구름을 타고, 이적선은 고래를 타고, 서왕모, 마고선녀, 낙포선녀 다 모였고, 청의동자, 홍의동자는 쌍쌍이 모여 있다. 고운 얼굴 화려한 의복에 신비한 향기가 풍기니 그 역시 인간 세상의 모습이 아니었다.

- 격구(擊毬) 당나라 때의 악기. 사발 열두 개에 물의 양을 저마다 달리 담아 놓고 쇠붙이로 두드려 소리를 낸다.
- 태을진인(太乙眞人) 천신 가운데 가장 높은 신. 북극성의 신.
- 적송자(赤松子) 중국 오나라 사람으로, 도를 배워 신선이 되었다.
- 이적선(李謫仙) 중국의 시인 이백. 이백이 술에 취해 강에 비친 달을 잡으려다 채석강에 빠져 죽자, 고래가 이백을 등에 업고 하늘로 올라갔다는 전설이 있다.
- 마고선녀(麻姑仙女) 한나라 때 고여산에서 수도해 선녀가 된 인물. 바다가 세 번이나 뽕나무 밭으로 변하도록 오래 살았으나 늘 젊어 보였다고 한다.
- 낙포선녀(洛浦仙女) 고대 중국 전설상의 황제인 복희씨의 딸. 낙수에서 익사해 선녀가 되었다.
- 청의동자(靑衣童子), 홍의동자(紅衣童子) 신선의 시중을 드는 아이들.

　수정문 안으로 들어가니 궁궐 또한 화려하고 웅장하다. 고래 뼈를 걸어서 대들보를 삼았고, 물고기 비늘을 모아 기와를 이었으며, 산호와 진주를 엮어 주렴을 치고, 백옥으로 창을 달고, 황금으로 벽을 바르고, 비단 휘장을 구름같이 길게 드리웠으니 눈이 부셔 똑바로 보기가 어려울 지경이다. 동쪽을 바라보니 봉새가 하늘을 나는데 쪽빛보다 푸르고, 서쪽을 바라보니 푸른 물결 아득한데 꾀꼬리 한 쌍 날아든다. 남쪽 하늘 바라보니 황홀한 물빛은 비취색을 띠고 있고 북쪽 하늘을 바라보니 상서로운 구름이 붉게 퍼져 하늘로 통했다.

　심청이 수궁에 머물 적에 옥황상제의 명이 있었으니 한 점 부족함이 있으랴? 용왕이 시녀를 보내 아침저녁으로 문안하고, 신선의 음식과 신선의 술을 권하니 사흘마다 작은 잔치, 닷새마다 큰 잔치였다.

그러던 어느 날, 광한전 옥진 부인이 오신다 하자 용왕이 맞이하는 준비를 하느라 사방이 분주하다. 심 봉사의 아내 곽씨 부인이 죽어 광한전에 모셔진 뒤 옥진 부인이 되었는데, 심청이가 수궁에 들어왔다는 말을 듣고 옥황상제께 부탁해 딸을 만나 보려고 내려오는 길이었다. 심청은 누군 줄을 모르니 멀리 서서 바라볼 뿐이었다. 무지개 어린 오색 가마를 옥기린에 높이 얹어 이름 모를 온갖 꽃을 좌우에 벌여 꽂고, 시녀 한 무리가 곁에서 모시고 청학 백학이 앞길을 인도한다. 이윽고 일행이 멈추고, 옥진 부인은 오색 가마에서 내려서자마자 딸을 찾는다.

　　"내 딸, 청아!"

　　심청은 옥진 부인이 부르는 소리를 듣고, 잠시 의아해 하다가 그제야 죽은 모친이 찾아온 줄 알고,

　　"어머니, 어머니!"

하고 부르면서 와락 뛰쳐나가 옥진 부인의 품에 안겼다. 모녀가 서로 얼굴도 모르다가 십오 년 만에 다시 만나니 얼마나 반가우랴.

　　"나를 낳고 칠 일 만에 가셨으니 이제껏 얼굴도 몰라 인사가 늦었습니다. 저의 불효를 용서해 주옵소서. 오늘 이곳에 와서 꿈에 그리던 어머니를 다시 만날 줄 뉘라서 알았겠습니까? 이제 이렇게 어머니를 만나니 아버지가 더욱 그립습니다. 제가 물에 빠져 죽은 줄로만 알고 계시지, 수궁에서 잘 지내다가 어머니를 만난 줄을 꿈에라도 아실는지요?"

　　옥진 부인이 딸의 등을 어루만지며 말한다.

　　"나는 죽어 귀한 몸이 되어, 인간 생각이 아득하구나. 너의 부친이

너를 키워 서로 의지했다가, 너조차 잃어 이별하던 날 그 모습이 오죽이나 눈물겨웠으랴! 이제야 너를 만난 이 설운 마음도, 너를 잃은 네 부친의 설움에 비하면 큰 설움도 못 되겠구나. 부친의 고생은 어떠하며, 그간 많이 늙으셨겠지? 건넛마을 귀덕 어미가 너를 정성껏 돌봐 주었지?"

그동안 서로 하고 싶었던 말이 쌓여 끝없이 이어지고, 서로 마주 앉아 뺨도 대어 보고, 손발도 만져 보며 모녀의 정이 깊어 간다.

"귀와 눈을 보니 너의 부친 닮았고, 작고 가는 손과 발은 꼭 나를 닮았구나. 어디 보자, 이것은 내가 끼던 옥가락지구나! 생긴 것이 이러하고, 효심이 그러하며 내가 죽을 때 남긴 정표도 지녔으니 네가 바로 내 딸이구나, 내 딸이야!"

그러나 다정한 시간이 다하고 옥진 부인이 돌아갈 시간이 되었다.

"네가 태어나서 어미와 이별하고 아비와 살다가, 이제는 아비와 헤어지고 어미와 만났구나. 하지만 아직 어린 나이에 어미, 아비와 함께 지내지 못하는 것이 참으로 가련하다. 이제, 하늘과 바다가 멀어 나는 다시 떠나야겠구나. 청아, 지금 네가 나와 헤어지지만 대신에 다시 아버지를 만나게 될지 누가 알겠니? 또 한 번의 생이별이 애통하고 아쉽다마는, 뒷날 우리 세 식구가 모두 만나 즐거울 날이 꼭 올 게야. 그때는 못 다한 정을 맘껏 나누자꾸나."

옥진 부인이 잡은 두 손길을 떨치고 일어서니 심청은 어머니를 따라가고 싶은 마음이 간절해도 그럴 수 없어 가는 뒷모습만 오래오래 바라보았다.

딸 잃은 심봉사와 심술궂은 뺑덕 어미

심청이가 인당수로 떠난 뒤, 장 승상 부인은 심청의 화상을 벽에다 걸어 두고 날마다 바라보는 것으로 위안을 삼았다. 금방이라도 울음을 터뜨릴 듯한 모습은, 부친과 이별하기가 서럽고 무서워 힘겨워 하던 심청의 모습을 바로 앞에서 보는 듯했다. 장 승상 부인이 심청의 화상을 바라보고 있던 어느 날, 갑자기 그림 위로 물이 흘러내리고 색이 변해 검게 물들었다.

"어허, 어쩔거나? 아마도 심청이가 인당수에 몸을 던져 물에 빠져 죽었나 보다."

장 승상 부인이 그림을 보며 슬피 탄식하고 있노라니, 점차 물이 마르고 검은빛은 도로 황홀한 빛깔로 되돌아왔다. 장 승상 부인이 이상히 여겨,

'인당수에 빠져 죽게 된 심청이를 누가 구해 주었는가? 참으로 모를 일이로다. 그러나 그 너른 바다에서 어찌 다시 살아날 수 있으리오?'

장 승상 부인은 치밀어 오르는 심청이 생각에 견딜 수가 없었다. 그리하여 그날 밤, 심청이를 위해 제사를 지내 주려고 물가로 나갔다. 깊은 밤에 조각배를 띄워 놓고, 배 안에 제사상을 차린 다음 부인이 손수 잔을 부어 흐느끼며 심청을 위로했다. 휘영청 밝은 달도 구름 속으로 숨어들고, 사납게 불던 바람도 고요하게 잦아들며, 백사장에서 놀던 갈매기도 목을 길게 빼어 꾸르륵 소리 하고 돌아간다.

그때, 뜻밖에 물 가운데서 한 줄기 맑은 기운이 뱃머리에 어렸다가 잠시 뒤에 사라졌다. 부인이 의아해 일어서서 바라보니 가득 부었던 술잔이 반이나 줄어 있었다.

"아아, 가련한 심청이의 넋이 와서 맛을 보고 갔나 보구나. 부디, 편안히 가거라."

한편 심 봉사는 어린 딸을 잃었으나, 목숨이 모질어 죽지 못하고 근근이 살아갔다. 그렇지만 때로는 심청이가 떠나간 강가로 나가 반나절이든 한나절이든 하염없이 퍼질러 앉아 통곡하다 돌아오곤 했다.

"아이고, 내 딸 심청아! 인간 세상에서 부모를 잘못 만나 생죽음을 당했구나. 귀신이 있거들랑 나를 어서 데려가거라. 살기도 귀찮고, 눈 뜨기도 내사 싫다."

가슴을 두드리며 자기 머리를 쥐어박고 발을 구르며 미친 듯이 취한 듯이 밤낮도 모른 채 울고 다녔다. 도화동 사람들은 심청의 효성에도 감동하고 심 봉사의 처지도 불쌍히 여겨, 남경 뱃사람들이 맡기고 간

돈과 곡식을 착실하게 꾸
려 주니 집안 형편은 조금
씩 나아졌다.

　그때 그 마을에 뺑덕 어미라는 못
된 계집이 있었는데, 밤낮 바람난 암캐
처럼 눈이 뻘겋게 쏘다니다가 심 봉사에게
돈과 곡식이 좀 있다는 소문을 듣고 자청해
첩으로 들어왔다. 이 계집은 천하에 몹쓸 계집이
니, 행실이 꼭 이러했다. 쌀을 주고 떡 사 먹고 잡곡 팔
아 술 사 먹고, 욕 잘하고 흥 잘 보고, 흑심 많고 욕심 많고, 술 취해
한밤중에 꺼이꺼이 울음 울고, 총각 보면 꼬리 치고, 여자 보면 눈 흘
기고, 남자 보면 쌩끗 웃고, 잠자면서 이 갈고, 날이 새면 악쓰고, 이
웃집에 대놓고 밥 얻어먹고, 정자 밑에서 낮잠 자고, 홀딱 벗고 술 퍼
먹고, 삐쭉하다 빼쭉하고, 빼쭉하다 삐쭉하고, 힐끗하다 핼끗하고, 핼
끗하다 힐끗하고, 삐쭉빼쭉, 씰룩쌜룩, 하루에도 몇 번이나 시시각각
변덕을 부린다.

　　　　　　　　게다가 일년 삼백육십오 일
입을 잠시도 가만두지 않으니,
이삼 일 양식할 만큼만 남겨 놓
고 도망갈 작정을 하고 오뉴월
까마귀가 수박 파먹듯 불쌍한
심 봉사의 재물을 밤낮으로 퍽

퍽 파먹는 것이었다. 눈을 여태 못 뜨고 정신없고 힘도 없는 심 봉사는 뺑덕 어미에게 흠씬 빠져 일이 돌아가는 판국을 까맣게 모르고 있었다.

하루는 심 봉사가 뺑덕 어미를 불러,

"여보게, 뺑덕이네!"

"왜 그러시오, 영감!"

"우리 집 살림이 착실했는데, 옆집 꾀쇠 아비 하는 말이 지금은 남은 살림이 얼마 아니 된다 하대. 정말로 그러한가?"

"뭐, 대충 그러한가 보지요."

"그러하면 어쩔 셈인가? 늙은 것이 이제 다시 빌어먹자 하니 동네 사람도 부끄럽고 내 신세도 말이 아닐세. 그럴 바에야 차라리 타향에 가서 빌어먹고 사는 게 어떻겠나?"

"나야 뭐, 가장이 하자는 대로 하지요."

뺑덕 어미는 타향으로 이사를 가자 하니 속으로 옳거니 하며, 아는 사람이 없는 틈을 타서 훨훨 도망갈 심보를 품었다.

"눈먼 나를 따라간다 하니 참으로 고마운 말이로세. 그나저나 동네 사람들에게 빚진 것은 없는가?"

"조금 있지요."

"얼마나 되나?"

"뒷동네 높은 주막에 가서 해장한 값이 마흔 냥."

심 봉사가 자기는 주막에 간 적이 없는데 외상이 있다 하니 어이가 없는데, 그런가 보다 하고 또 묻는다.

"잘 먹었네그려. 또 어디 없나?"

"있지요. 저 건넛 마을 엿장수에게 빚진 엿 값이 서른 냥."

"그것도 잘 먹었다. 또 어디 없나?"

"있지요. 안촌 마을에 가서 사 먹고 안 준 담뱃값이 쉰 냥."

심 봉사가 기가 막혀 울화통이 치밀다가도, 딸 죽이고 제 눈 뜨려다가 하늘의 벌을 받아 눈도 못 뜨고 이리 되었구나 하는 생각이 들어 화낼 마음도 없어진다.

"에라, 참으로 먹기도 많이 먹었구나. 계집 먹은 것은 쥐가 훔쳐 먹은 것이라고 하더니 따져 봐야 쓸데없다. 우리 세간을 모두 팔아 가지고 타향으로 가세."

약간 남은 살림살이를 다 팔아서 뺑덕 어미가 진 빚을 갚고 나니, 남은 것이라곤 예전에 동냥할 때 쓰던 빈 바랑과 깨진 쪽박뿐이었다. 바랑은 둘러메고 쪽박은 옆에 끼고 동구 밖을 나서니 도화동 사람들이 모두 나와 불쌍타 전송하고, 뺑덕 어미는 씰룩쌜룩 심 봉사는 더듬더듬 정처 없이 떠나간다.

도화동아, 잘 있거라.
무릉촌아, 잘 살거라.
나는 간다, 나는 간다.
고향 떠나, 타향 간다.
이제 내가 떠나가면,
어느 세월에 돌아오리.

연꽃을 타고 환생한 심황후

심청은 호화로운 수궁에서의 생활이 편안하기는 하지만, 홀로 계실 아버지를 생각하면 하루도 시름에 잠기지 않은 날이 없었다. 인간 세상의 일 년이 수궁에서는 순식간이라 심청이 수궁에 머문 지도 어느덧 삼 년이 되었다. 하루는 옥황상제께서 용왕을 불러 다시 명을 내린다.

"심 낭자의 혼기가 머지않았도다. 이제, 인당수로 돌려보내어 좋은 인연을 놓치지 않게 하라."

용왕이 명을 듣고 심청 보낼 채비를 한다. 꽃송이에 심청을 모셔 놓고, 시녀 둘은 곁에서 모시고, 먹을 것 입을 것과 온갖 패물을 가득 실었다. 그러고는 시녀들을 거느리고 친히 나와 심청을 전송한다.

"심 낭자는 인간 세상에 다시 나가 부귀영화를 누리시오."

심청이 대답하기를,

"용왕님의 도움으로 죽었다가 다시 살아 세상으로 나가니 은혜를 잊을 수 없겠나이다. 여러 시녀와도 정이 깊었기로 떠나기 섭섭합니다만, 인간 세상과 수궁이 다르기에 제가 있던 곳으로 보내 주신다니 기뻐하며 가옵니다. 저는 이제 가오니 수궁의 귀하신 몸 내내 평안하옵소서."

공손하게 인사하고 연꽃 봉오리 속에 들어가 물 위로 올라간다. 곧이어 꽃봉오리가 인당수 물 위에 둥둥 뜨니 심청은 그 기척을 알고 꽃잎을 조금 열어 주변을 둘러보았다.

그때 마침, 남경 갔던 뱃사람들이 장사가 잘되어 억만금의 이익을 내고 고국으로 돌아가는 길에 인당수에 도착했다. 사람들이 고사 상을 차려 놓고 다시 용왕에게 제사를 지내는데,

"우리 일행의 재액을 막아 주고, 바라던 큰 이익을 얻게 하니 용왕님의 넓으신 덕택인 줄 아옵니다. 고기와 술을 정성껏 마련했사오니, 어여삐 여기시고 이 정성을 받아 주옵소서."

이어서 상을 차리고 이번에는 심청이의 넋을 위로한다.

"넋이여, 넋이여! 하늘이 내린 효녀 심 낭자는 늙은 부친 눈 뜨기를 바라, 바닷속 외로운 넋이 되었습니다. 무정한 우리들은 심 낭자 덕분에 고국으로 무사히 돌아가건만, 심 낭자의 넋은 어느 날에 아버지 곁으로 돌아가리오? 한잔 술을 정성껏 올리오니, 만일 넋이 오셨거든 부디 받아 주소서."

모든 뱃사람이 심청이가 죽던 날을 생각하며 눈물을 흩뿌리다가 고개를 들어 망망대해를 바라보니, 난데없이 연꽃 한 송이가 너른 바다

가운데 둥덩실 떠 있는 게 아닌가? 인당수 너른 바다에 영롱하게 두 둥실 뜬 연꽃송이는 조물주의 조화요, 용왕의 신통이라. 바람이 분들 끄떡하며, 비가 온들 젖을쏘냐? 오색 무지개가 연꽃 주변에 어리어 있으니 분명 예사 꽃은 아니다. 뱃사람들이 이상하게 생각하고,

"아마도 심 낭자의 넋이 꽃이 되어 떠다니는가 보다."

가까이 다가가서 살펴보니 과연 심청이가 몸을 던진 곳이었다. 감동해 꽃을 건져 배에 올려놓고 보니, 향기는 천지에 진동하고 크기는 수레바퀴만 해 두세 사람이 넉넉히 들어앉을 만했다.

"우리가 장사한다고 온 세상을 돌아다녔건만, 그 어디서도 보지 못한 기이한 꽃이로다. 분명 세상에 다시없는 귀한 꽃일 텐데, 바다 한가운데 떠 있으니 이상하기도 하다."

고사를 지낸 우두머리 뱃사공은 꽃에 기이한 기운이 감도는 것을 느끼고 소중히 생각해 꽃잎이 상하지 않도록 조심해서 배에 싣고 돌아왔다. 험하던 인당수 바닷길도 한없이 잔잔해 배가 쏜살같이 물살을 가르고 나아가니, 서너 달 걸리는 뱃길을 순식간에 건너왔다. 고국으로 돌아온 뱃사람들은 억만금이 넘는 재물을 분배하는데, 그 우두머리는 재물을 마다하고 꽃송이만 집으로 가져와 후원에 단을 높이 쌓고 곱게 모셔 두니, 그윽한 향기가 사라질 줄 모르고 오색 무지개도 처음처럼 늘 걸려 있었다.

이때 나라의 황제는 황후가 죽은 뒤로 궁궐에다 온갖 진귀한 화초들을 심어 놓고 정원을 가꾸고 꽃구경하는 것으로 부인에 대한 그리움을 달래고 있었다. 우두머리 뱃사공은 이 소식을 듣고는 세상의 모

든 일은 다 이유가 있는 법이라 여겼다. 황제가 황후를 잃고 꽃으로
벗을 삼으니 바다 한가운데 나타난 신비로운 연꽃이 모두 황제와 인
연이 있다고 생각한 것이다. 이에, 연꽃을 화분에 담아 황제께 바쳤
다. 황제는 커다란 연꽃을 보고 크게 반겨 들여놓고 자세히 살펴보았
는데, 찬란하기 해와 같고 향기가 야릇하니 분명 인간 세상의 꽃이 아
닌 듯했다. 황제는 선녀가 내려온 꽃이라는 뜻으로 강선화(降仙花)라
이름을 짓고, 이 연꽃을 특히 아끼고 사랑했다.

하루는 황제가 은은한 달빛을 받으며 화단 주변을 산책하고 있었
다. 밝은 달은 뜰에 가득하고 가을바람이 산들산들 부는데, 문득 강
선화 꽃봉오리가 가만히 벌어졌다. 황제는 기이한 기운에 놀라 기
둥 뒤로 몸을 숨기고 숨을 죽인 채 지켜보았다. 그러자 예쁜 선녀 둘
이 얼굴을 반만 내밀고 꽃송이 밖을 내다보다가 사람이 숨어 있는 눈
치를 채고 도로 숨어 버렸다. 그러고는 다시 나오기를 아무리 기다려
도 기척이 없었다. 황제가 참다못해 가까이 다가가 꽃송이
를 가만히 열고 보니, 꽃다운 세 선녀가 몸을
감추고 있었다. 황제가
놀라 묻기를,
“너희들은 귀신이냐,
사람이냐?”

먼저 얼굴을 내밀던 두 미인이 즉시 꽃 속에서 나와 절하고 아뢰었다.

"저희는 원래 남해 용궁의 시녀이온대, 옥황상제의 명을 받아 심 낭자를 모시고 인간 세상으로 나왔습니다. 오늘 폐하의 눈에 띄게 됐으니, 부끄러워 몸 둘 바를 모르겠나이다."

"안에 계신 낭자는 누구시더냐?"

"하늘에서 낸 효녀이시온대, 옥황상제의 명으로 수정궁에 머무르다 인간 세상으로 돌아오는 길에 저희가 모셨습니다."

황제는 그 이야기를 듣고 놀라면서도 크게 기뻐했다.

"참으로 신기한 일이로다. 옥황상제께서 내게 좋은 인연을 보내신 것인가? 만일 그렇다면 어찌 받들지 않을 수 있겠는가?"

그러고는 시녀들에게 꽃송이를 궁 안에 모시도록 시켰다. 심청은 부끄럽게 여겨 그때까지도 꽃 밖으로 나오지 않았다. 황제가 이 일을 신하들과 의논하는데, 조정의 신하들도 이야기를 듣고 감탄하며 한목소리로 답했다.

"황후가 승하하신 것을 옥황상제께서 아시고 새로운 배필을 보낸 것이 분명한 듯합니다. 하늘이 내리신 황후이오니, 마땅히 나라의 국모로 맞이하시옵소서."

황제도 옳게 여겨 좋은 날을 가리고 성대하게 혼례를 치르자 마침내 꽃송이 속에서 두 시녀가 심 낭자를 모시고 나왔다. 심 낭자가 꽃에서 나오자 궁궐이 휘황하게 빛나 똑바로 쳐다보기 어려울 지경이었다. 황제는 나라의 경사라 하며 전국에 갇혀 있는 죄수들 중에 죄가 무겁지 않은 자를 모두 석방했다. 그러자 조정의 신하들은 만만세를 부르고 방방곡곡 백성들도 기뻐서 환호성을 올렸다. 심 황후가 어진 품성으로 황제를 보필하고 나라를 돌보니, 해마다 풍년이 들고 태평성 대를 이루어 거리마다 즐거운 노랫소리가 들려왔다.

이제 한 나라의 황후가 되어 부귀영화를 누리고 온 백성을 편안하게 하는 심청이었지만 마음속에 감춘 근심이 있으니 바로 아버지 걱정이었다. 하루는 아버지가 그리워서 시종을 데리고 난간에 기대어 고향 하늘을 바라보고 있노라니, 가을 달빛은 궁궐에 가득하고 구슬프게 우는 가을벌레 소리는 가슴에 사무쳤다. 그때 높이 날던 기러기 한 마리가 끼룩끼룩 울면서 황후 곁으로 내려앉았다.

"오느냐, 기러기야! 너, 어디에서 오느냐? 거기 잠깐 머물러서 내 말을 좀 들어 보렴. 도화동에 계신 우리 아버지 하마 이제 눈을 뜨셨는지? 어찌 살고 계신지, 이별하고 삼 년이 지나 내가 이렇게 살아 있는데도 소식 한번 전하지 못하고 있단다. 편지를 써 줄 테니, 부디 우리 아버지에게 전해 주렴. 다정한 기러기야."

심청은 서둘러 방 안으로 들어와 편지를 쓰려는데, 눈물이 앞을 가려 앞에 놓은 종이가 눈물범벅이 되고 말았다.

그리운 아버지, 심청이 엎드려 글을 올리옵니다.
아버지 곁을 떠나온 지 벌써 해가 세 번 바뀌었습니다. 아버지를 그리는 마음이 매일같이 간절하지만 오늘은 더욱더 보고 싶습니다. 그간 몸 편히 지내고 계신지요?
불효녀 심청은 뱃사람을 따라가서 마침내 인당수의 제물이 되었습니다. 하지만 옥황상제께서 불쌍하게 여기시고 남해 용왕님께서 돌보아

주셔서 인간 세상에 다시 나와 나라의 황후가 되었답니다.

　이렇게 살아 있으면서도 살아 있다는 소식조차 못 전하니, 부귀영화를 누려도 아버지 없는 부귀영화가 무슨 기쁨이겠습니까? 다만 아버지 얼굴 다시 보고 그날 죽더라도 여한이 없겠습니다. 감은 눈은 뜨셨는지, 집안 형편은 어떠한지요?

　부디 건강하시고 다시 만나는 날을 기다리고 또 기다리겠습니다.

　편지를 다 쓰고 종이를 접어서 얼른 손에 들고 나와 바라보니 기러기는 간데없고 아득한 구름 밖으로 달빛만 밝아 있다. 심 황후는 실망해 편지를 가슴에 품고는 소리 없이 흐느낀다. 마침 황제가 뜰을 지나다 황후를 보니 얼굴에는 수심이 가득하고 두 눈에는 눈물이 그렁그렁 맺혀 있기에 놀라서 물었다.

　"무슨 근심 걱정이 있기에 이렇듯 슬퍼하시오? 안 좋은 일이라도 있으신 게요?"

　심 황후가 꿇어앉아 아뢰었다.

　"제가 과연 바라는 바가 있사오나 감히 여쭙지 못했습니다."

　"내가 황후를 만나고 나서 전에 없던 행복을 누리고 나라도 태평해졌는데, 황후의 소원을 내 어찌 모른 체 하겠소. 무엇이든 바라는 바를 말씀해 보시구려."

　"소첩은 본디 용궁 사람이 아니라 황주 도화동에 사는 심학규의 딸이옵니다. 소첩 부친의 눈이 멀어 평생의 한이었는데, 아버지 눈 뜨시기를 기원해 남경 뱃사람에게 몸을 팔아 인당수의 제물이 되었습니

다. 다행히 옥황상제와 남해 용왕께서 도와 목숨을 건지고 귀한 몸이
되었으나, 고향에 혼자 계실 부친을 생각하니 마음 편할 날이 없사옵
니다."

"그런 사정이 있었는데 어찌 진작 말씀하지 않으셨소? 황후가 아버
지를 만나는 것은 어려운 일이 아니니 너무 근심치 마시구려."

다음 날 황제는 조정의 일을 마치고 나서, 신하들에게 명을 내려 황주 도화동의 심학규를 모셔 오도록 했다. 그리하여 황제의 명을 받든 사람이 도화동에 갔으나 심학규가 이미 일 년 전에 마을을 떠나서 간 곳을 모르니 모셔 올 수가 없었다. 심 황후는 소식을 듣고 또 한 번 실망해 눈물을 참지 못했다. 황제가 위로하며,

"그대의 아버지가 만에 하나 죽었다면 어쩔 수 없겠지만, 살아 있기만 하면 언젠가 만날 날이 있지 않겠소? 내가 꼭 그대의 아버지를 찾아 모시겠소."

심 황후는 아버지를 찾을 길이 없어 걱정하다가, 궁리 끝에 한 가지 방도를 생각해 냈다.

"폐하, 소첩에게 방도가 하나 있사오니 들어주시렵니까?"

"무엇인지 들어 보십시다."

"천하의 사람들이 모두 폐하의 신하이건만, 그 가운데 불쌍한 네 부류의 사람들이 있사옵니다. 부인 없는 홀아비, 남편 없는 과부, 부모 없는 고아, 자식 없는 늙은이가 그렇지요. 하오나 그보다 불쌍한 사람이 병든 사람이고, 병든 사람 가운데서도 앞 못 보는 맹인이 제일 불쌍하옵니다. 이러한 전국 맹인을 모두 궁궐에 모아 놓고, 큰 잔치를 베풀어 주옵소서. 그리하여 해와 달을 못 보고, 희고 검고 길고 짧은 것도 분별하지 못하고, 부모처자를 만나도 알아보지 못하는 맹인의 깊은 한을 잠시라도 풀어 주옵소서. 그리하면 그 자리에서 저의 부친을 혹시 만날 길도 있지 않을런지요."

"과연 그 말씀이 옳소. 어렵고 힘든 백성을 위로하는 것이 나라의

일이니 좋은 일이요, 잔치를 열어 황후의 아버지를 찾을 수 있을지도 모르니 그 또한 좋은 일이 아니겠소. 그렇게 하십시다."

황제는 심 황후의 말을 듣고, 전국에 이 소식을 전하도록 했다.

"지방 수령들은 고을에 사는 맹인의 이름을 모두 적어 올리고, 그들 모두를 궁궐에서 열리는 맹인 잔치에 참여하게 하라. 만일 한 명이라도 참석하지 않거나 참석하지 못한 자가 있다면, 그 고을 수령은 엄한 벌을 받을 것이다."

이에 전국의 수령이 자기 고을에 사는 맹인들을 샅샅이 조사해 잔치에 참여하게 하니, 서울로 가는 길목마다 앞 못 보는 맹인들로 가득 넘쳐 났다.

인당수는 어디인가?

전설이나 신화 같은 옛이야기를 읽다 보면 과연 실제로 있었던 일일까 하는 궁금증이
생깁니다. 이야기에 나타난 단서들을 따라가다 보면 이야기 속 사건이 일어났던 곳으로
추측할 수 있는 실제 현장을 만나기도 하지요. 《심청전》에도 그 배경으로 인당수가 등
장합니다. 《심청전》을 꼼꼼히 읽고, 이 이야기와 유사한 전설이 있는 곳을 찾다 보면
실제 인당수를 찾을 수 있을지도 모릅니다.

백령도에 전해 오는 전설을 찾아
보니 예부터 인당수에 빠진 심청
이 용궁에 갔다가 연꽃을 타고 다
시 떠올랐다는 전설이 전해 왔대.
심청이의 연꽃이 파도에 떠밀려
연화리 앞바다에 가서 연밥을 떨
어뜨리고 연봉바위에 걸려 심청
이가 살아났다는 전설이야. 《심청
전》의 내용과 똑같으걸?

백령도에는 연화리라는 지명과 연봉
바위가 있어. 백령도는 서해안 최북
단에 위치한 섬이어서 북한의 장산곶
과는 불과 15킬로미터밖에 떨어지지
않았지. 백령도가 북한과 가까운 걸
보면 심청이 태어나서 자랐다는 황주
땅 도화동은 황해도 황주를 말하는
것일 수 있겠다!

백령도 연화리 부근의 기암절벽.

한국민속학회 학술 조사단이 심청
이야기를 추적한 적이 있는데 북한
에 있는 황주에서는 관련된 자료들
을 찾을 길이 없었나 봐. 하지만 백
령도에는 《심청전》의 배경이 된 곳
이라고 추측할 만한 증거들이 많아.
그래서 지금 백령도에 심청 기념각
이 세워져 있는 것이지.

황주

장산곶

황해도

경기도

백령도

인천광역시

서울특별시

하지만 심청이 이야기가 백령도
에서만 발견되는 것은 아니야.
전라남도 곡성군에도 《심청전》
과 거의 똑같은 전설이 전해 오
거든. 이곳에는 《관음사사적기》
라는 증거물도 있어. 그래서인지
곡성군에서 생산되는 쌀에 '심청
쌀'이라는 이름을 붙이기도 했어.

광주광역시
곡성
전라남도

《관음사사적기》는 영조 5년(1729)에 송
광사의 백매 선사가 관음사의 장로인
덕한 선사에게 들은 이야기를 받아 적
은 것인데, 관음사의 창건에 얽힌 이
야기를 기록한 책이야. 이 책을 보면
이 지역이 《심청전》의 고향이라는 것
을 알 수 있어. 그 내용을 살펴볼까?

백령도와 전라남도 곡성 두 곳 모두 《심청
전》이 유래된 곳으로 볼 만한 증거들이 있구
나. 《심청전》과 비슷한 전설이 여러 지역에
서 발견되는 것으로 보아서는 이와 비슷한
효녀 이야기들이 우리나라 곳곳에서 전해져
오다가 한데 모여서 《심청전》이 된 것 아닐
까 추측해 볼 수 있을 것 같아.

《관음사사적기》

충청도 대흥에 원량이라는 맹인이 일찍 아내를 여의고
딸 홍장과 함께 살고 있었습니다. 원량은 홍법사의 승려
성공을 만나 시주를 약속했는데, 재산이 없어 결국 딸을
시주했지요. 한편 진나라 왕이 황후를 잃었는데, 꿈에 신
선이 나타나 백제의 홍장이 황후가 될 여인이라고 점지
했습니다. 진나라 신하들은 배를 타고 백제로 건너와서
마침 성공을 따라가던 홍장을 만나 황후로 모셔 갑니다.

홍장은 진나라의 황후가 되었지만 백제를 그리워하는 마음에 자신이 모시던 관음상을 배에 실
어 백제로 띄워 보냅니다. 옥과에 사는 성덕이라는 여자가 우연히 이 배를 발견한 뒤, 관음상을
안치할 곳을 찾아 모시고는 그곳을 성덕산 관음사라 이름 붙였습니다. 한편 홍장의 아버지 원
량은 딸과 이별한 뒤 슬픔 속에서 눈물을 흘리며 지내다가 홀연히 눈을 뜨고 95세까지 장수했
습니다.

심 봉사의 맹인 잔치 가는 길

세월은 흘러, 꽃 피는 봄이 가고 푸른 숲 우거진 여름도 가고 낙엽 지는 가을이 돌아왔다. 딸을 잃은 심 봉사는 마른 나무 가지에 달려 있는 나뭇잎 같은 외로운 신세를 한탄하면서, 하는 일 없이 이렁저렁 세월만 보내고 있었다. 그런데 하루는 새로 이사 간 고을의 사또가 심 봉사를 불렀다.

"황궁에서 맹인 잔치를 성대하게 베푼다 하니, 꼭 참석하도록 하게."

그러고는 약간의 여비까지 마련해 주었다. 심 봉사 좋아라고 돈을 받아 집으로 들어선다.

"여보게, 뺑덕이네! 거기 좀, 앉아 보소. 세상에 태어났다가 서울 구경 한번 못하고 죽는가 했는데, 마침 황제께서 불쌍한 맹인들을 위해서 잔치를 베푼다고 하니 자네는 어찌하겠는가? 자네도 같이 가 보겠는가?"

"그러면 뭐, 그렇게 하지요."

아침밥을 지어 먹고는 뺑덕 어미를 앞장세워 먼먼 서울로 길을 떠나 간다. 하루는 주막에 들어 잠을 자는데, 마침 같은 주막에 맹인 잔치 가는 손님이 또 있었으니, 황 봉사였다. 그 사람은 심 봉사처럼 하나도 안 보이는 소경이 아니라, 반쯤은 보이는 반소경인 데다가 집안 형편 도 넉넉한 편이었다. 황 봉사도 사람 됨됨이가 변변치 못해 뺑덕 어미 를 보고는 나쁜 마음이 생겨 주막 주인에게 뒷돈을 찔러주고 뺑덕 어 미를 꾀어내려 했다. 이런 눈치를 알아챈 뺑덕 어미가 속으로 생각하 기를,

'심 봉사 따라 황성에 가더라도 눈 성한 나야 잔치에 참석할 수 없 고, 집으로 돌아온들 집안 살림을 내가 다 말아먹었지. 이젠 심 봉사 에게 붙어사는 재미가 없을 테니, 차라리 젊고 돈 많은 황 봉사를 따 라가느니만 못하리라.'

못된 뺑덕 어미는 도망칠 마음을 먹고 주막 주인을 통해 황 봉사와 약 속을 단단히 정했다.

'심 봉사가 잠들고 나면 내빼야지.'

뺑덕 어미는 마음이 급해져서, 해도 다 지기 전에 일찌감치 이부자 리를 펴고 자는 체했다. 날이 어두워져 실눈을 뜨고 힐끔힐끔 엿보니, 심 봉사가 잠에 곯아떨어졌기에 뒤 한 번 안 돌아보고 줄행랑을 쳤다. 심 봉사가 인기척에 잠이 깨어 옆자리를 더듬더듬 더듬어 보니, 뺑덕 어미 자던 자리가 비어 있어, 화들짝 놀라 일어났다.

"여보게, 뺑덕이네! 어디에 있는가?"

아무리 불러도 대답이 없는데, 윗목에 쌓아 둔 고추 부대 속에서 쥐란 놈이 바시락바시락거린다. 앞 못 보고 눈치도 없는 심 봉사는 뺑덕 어미가 장난하는 줄로만 알고,

"허허, 오밤중에 무슨 장난인가? 나더러 기어 오란 말인가? 내 그리 함세."

하고는 엉금엉금 기어가니 쥐란 놈이 놀라 요리조리 달아난다. 심 봉 사가 또 다시 허허 웃으면서,

"이것, 요리로 갔구나. 아니, 저리로 가는구나."

하며 이 구석 저 구석 두루 따라다니는데 쥐는 영영 달아나 버렸다.

심 봉사가 아무리 생각해 본들 어리석은 마음에 속은 줄은 꿈에도 생각 못하고, 뺑덕 어미를 아무리 기다려도 오지 않자 주막 주인 깨워 묻는다.

"여보, 주인! 우리 집 마누라 그 안에 있소?"

"쯧쯧, 그런 일 없네요."

심 봉사 그제야 뺑덕 어미가 내뺀 줄을 짐작하고, 기가 막히고 괘씸해 땅을 치고 꾸짖는다.

"여보시게, 뺑덕이네가 도망을 갔네! 이 여편네가 날 버리고 도망을 갔네! 이봐라, 뺑덕이네! 날 버리고 어디를 갔느냐? 무정하고 고약한 사람아! 이왕에 도망을 가려거든 살던 곳에서 도망을 칠 일이지, 수백 리 먼 곳에 와서 이것이 웬일이냐? 예끼, 천하에 몹쓸 인간! 모질고도 독하도다! 심청이가 죽으면서 마련해 준 살림을 모두 말아먹고는 이럴 수가 있느냐? 앞 못 보는 늙은 놈이 서울 먼먼 길을 어찌 가며, 이제 와서 집은 또 어찌 찾아 돌아갈거나."

한참을 울다가 다시금 생각하니, 제 신세가 처량하다.

"아서라, 아서. 내가 뺑덕이네를 다시 한 번 생각하면, 세상 물정 모르는 코맹맹이 아들놈이다. 공연히 몹쓸 여편네에게 정붙이고 살다가 살림만 거덜 내고, 이런 꼴을 당하니 모든 것이 내 몹쓸 팔자 때문이로다. 어진 곽씨 부인 보내고도 잘 살았고, 착한 딸 보내고도 목숨 연명했는데, 너 같은 것 없어진다고 내 못 살겠느냐. 에라, 이런 몹쓸 년! 잘 가라, 잘 가! 나 혼자 살란다."

이렇게 밤새도록 한탄하니, 어느덧 날이 밝아 온다. 행장을 차려 주막을 나서니, 그래도 뺑덕 어미 생각이 나는구나.

"어따 요년, 몹쓸 년아! 천지 세상에 몹쓸 년아! 눈 뜬 가장 배반키도 사람으로 못할 텐데, 눈 어둔 날 버리고 무엇이 잘 되겠느냐? 네 멋대로 잘 가거라."

더듬더듬, 하루 이틀, 열흘 보름, 서울 찾아가는 길에 마침 시원한 물소리가 들려왔다. 오뉴월 무더위에 지친 심 봉사가 물소리를 듣고 반가워하며,

"어허, 참 잘 되었다. 저런 물에 들어가 목욕을 하면 서러운 마음도 씻길 테요, 깨끗한 정신도 돌아올 테니, 얼른 멱이나 감고 가자!"

윗도리 아랫도리 봇짐을 활활 벗어 바위에 걸쳐 놓고 물에 풍덩 들어간다. 물 한 주먹 덤뻑 쥐어 양치질도 해 보고, 물 한 주먹 덤뻑 쥐어 가슴팍도 씻으면서,

"어허, 시원하고 상쾌하다. 삼각산에 올라선들 이보다 시원하며, 동해수를 다 마신들 이보다 시원하랴? 어허 좋네, 참으로 좋네. 툼벙툼벙 신나게 놀다 궁궐 잔치 찾아가자."

심 봉사가 한참 동안 물속에서 놀다가 나와 보니, 벗어 놓은 의관과 봇짐이 온데간데없다. 바위 위를 더듬더듬 찾아보고, 미끄러졌는가 하여 물가도 더듬더듬 찾아본다. 심 봉사가 물놀이를 하느라 정신이 팔려 있을 때, 도적놈이 훔쳐 줄행랑쳤으니 이제 와서 찾아야 찾을 수가 있겠는가. 발가벗은 심 봉사는 오도 가도 못한 채, 소리 내어 또 울음을 운다.

"네 이놈, 도적놈아! 허다한 부잣집의 쓰고 남은 재물이나 훔쳐 갈

일이지, 그래 훔칠 게 없어서 눈먼 놈의 다 해진 옷을 훔쳐 가냐? 무정한 도적놈아! 아이고 기막혀라, 잔치고 뭐고 집 떠나면 고생이라더니, 이게 웬 생고생이냐! 이렇게 발가벗었으니 오뉴월 따가운 햇살에 남부끄러워 어디 한 발을 움직일 수가 있나? 아이고, 내 신세야! 이를 어째……"

그런데, 갑자기 어디선가 왁자지껄 떠들썩한 소리가 들려왔다.

"이놈들, 물러서라! 어험!"

"물렀거라! 무릉 태수 납신다!"

"워이! 물렀거라!"

자세히 들어 보니, 무릉 태수가 저쪽 길가로 지나가는 소리이다.

"옳지, 살았다. 어느 고을 수령이 오는가 보다. 되든지 안 되든지, 억지나 한번 부려 봐야겠다."

심 봉사는 길가로 나아가서 풀숲에 몸을 숨기고 귀를 쫑긋거리며 성난 독사처럼 머리를 곧추세우고 앉았다가 행차 소리 가까이 들리니 두 손으로 사타구니를 거머쥐고 어기적어기적 뛰쳐 나선다. 좌우 나졸들이 백주 대낮에 웬 벌거벗은 노인이 달려드니 깜짝 놀라 밀쳐 내는데, 심 봉사는 지금 심정이 죽기 아니면 까무러치다 싶은 데다가 마침 눈에 보이는 것도 없어서 무슨 유세라도 하는 듯이 호통을 친다.

"네 이놈들아! 나는 서울 맹인 잔치에 가는 소경이다. 너의 이름은

● 태수(太守) 예전에, 주(州)·부(府)·군(郡)·현(縣)의 행정 책임을 맡았던 으뜸 벼슬.

무엇이며, 이 행차는 어느 고을 사또님의 행차인지 썩 밝히렷다."

좌우 나졸들은 어이가 없어 대꾸 한마디 못하고 심 봉사 주위에 둘러섰는데, 무릉 태수가 소란한 광경을 지켜보다가 심 봉사가 들으라는 듯이 큰 소리로 옆에 선 시종에게 묻는다.

"저 봉사는 어디 사는 누구인데, 이 큰 길가에서 옷을 홀딱 벗고 이리 소란을 떠는 게냐?"

심 봉사가 이 소리를 듣고 소리 나는 쪽으로 나가 고개를 조아리고 말한다.

"예, 예, 답하겠나이다. 저는 다른 봉사가 아니고 황주 도화동 사는 심학규라고 하는데, 궁궐 맹인 잔치 가는 길에 밤에는 잠을 자다 마누라를 잃어버리고, 낮에는 목욕을 하다 의복을 잃어버렸습니다. 부디 찾아 주고 가시든지, 의복을 한 벌 내어 주고 가시든지 둘 중에 하나로 처분하십시오. 옛말에 이르기를 '착한 일을 한 집에는 반드시 경사가 찾아오고, 악한 일을 한 집에는 반드시 재앙이 찾아든다.' 했으니 후덕하신 태수님께서는 선처해 주옵소서."

무릉 태수가 심 봉사의 말을 들어 보니 비록 옷을 입지 않아 행색을 알 수는 없지만 비쩍 마르고 초라한 얼굴로 큰소리를 떵떵 치는 것이 뻔뻔스럽기도 하고 한편 딱하기도 하여, 시종을 시켜 상하 의복을 한 벌 내주고, 가마 뒤에 여분으로 달고 가던 갓과 신도 떼어 주었다.

"사정이 참 딱하오. 황제께서 친히 베푸시는 맹인 잔치에 간다 하니 의복을 단정하게 갖추어야 할 것이오. 옷 한 벌과 갓을 내주니 차려입고 가오."

심 봉사는 태수가 순순히 옷을 내어 주자 은근슬쩍 욕심이 나서 거짓말을 보탠다.

"그 흉악한 도적놈이 담뱃대도 훔쳐 갔소."

"그러면 어찌하란 말인가?"

"글쎄, 어쩌라기보다는, 그렇다는 말이지요."

무릉 태수는 속으로 기가 막혀 너털웃음을 웃고는 자기가 물었던 담뱃대를 썩 내준다. 주위의 시종들은 태수가 귀한 담뱃대를 지나가는 비렁뱅이에게 던져 주니 놀라서 서로 얼굴만 쳐다본다. 그런데 심 봉사는 한 술을 더 뜬다.

"황송하오나 담배 한 대 맛보았으면 좋을 듯하옵니다."

"어허, 그 봉사, 염치도 좋다. 하긴 담배 없는 담뱃대를 어디에다 쓰겠느냐? 여봐라, 방자야! 담배도 내주어라."

심 봉사 넉살 좋게 담배 받아 피워 물고 여유만만하게 뒤돌아 가니, 무릉 태수는 심 봉사 뒷모습을 보면서 별 사람 다 있구나 싶어 웃고 있고, 주위 사람들은 모두 기가 막혀 자기들끼리 수군수군한다.

심 봉사가 낭패를 모면하고 길을 재촉하니 서울이 가까워진다. 잠시 더위를 식히려고 나무 그늘에 앉아 쉬고 있는데 방아를 찧던 여인네들이 심 봉사를 보고 농담을 건넨다.

"아이구나, 저 봉사님도 맹인 잔치에 가는 봉사인가 보오. 봉사님, 그리 앉아 있느니 여기 와서 방아나 찧어 주고 가소."

심 봉사가 이 말을 듣고 농담 반 진담 반으로 묻는데,

"서울까지 먼 길을 힘들게 찾아가는 눈먼 봉사더러 방아 찧어 달라 하면, 자네들은 내게 뭘 좀 주려는가?"

"주기는 무엇을 주어. 점심이나 먹여 주지."

"겨우, 점심?"

"그러면 무엇을 더 주어? 고기도 줄까?"

"고기도 정말 주려는가?"

"헤헤헤헤, 봉사 양반. 줄지 아니 줄지는 나중 일이니, 방아나 먼저 찧어 보소."

"옳지, 그 말이 반허락한 것이렷다. 그러면 한번 찧어 볼까?"

심 봉사가 방아에 올라서서 방아 줄을 느짓 잡고 신이 나게 방아를 찧는다. 심 봉사는 앞소리를 메기고, 부인네들 뒷소리를 받는데 이런 가관이 없겠다.

어유화 방아요. 떨끄덩 떵떵 잘도 찧는다.

어유화 방아요.

이 방아가 웬 방안가? 강태공의 방아로다.

어유화 방아요.

양귀비의 모습인지, 가는 허리에다 비녀를 질렀구나.

어유화 방아요.

첩첩산중 들어가서 계수나무 아래 앉아 방아 노래를 부른다.

어유화 방아요.

한 다리를 치켜들고 또 한 다리를 굴러 보세.

어유화 방아요.

사람을 본떴는가, 두 다리를 쩍 벌렸구나.

어유화 방아요.

머리 들어 올렸다가 머리 숙여 내렸다가, 절을 하는가 춤을 추는가.

어유화 방아요.

덜크덩 덜크덩, 바삐 찧어라. 점심때가 늦어 간다.

어유화 방아요.

미끌미끌 기장 방아, 사박사박 율무 방아.

어유화 방아요.

찧기 좋은 나락 방아, 지긋지긋 보리 방아.

어유화 방아요.

오호 맵다 고추 방아, 고소하구나 깻묵 방아.

어유화 방아요.

옆에서 방아 찧는 부인 궁둥이 넓두둥도 하구나.

어유화 방아요.

들에 가서 찧게 되면 물레방아가 제격이요, 집에서 찧게 되면

디딜방아가 좋을씨고.

어유화 방아요.

한 다리 높이 밟고 오르락내리락 방아 모습.

어유화 방아요.

실룩 벌룩 삐죽 빼죽 방아 모양 보아 하니 밥 달라고 힐끗 할끗.

심 봉사의 노래 솜씨에 여러 부인네들 손뼉을 치며 크게 웃었다. 그럭저럭 방아를 다 찧어 놓고 둘러앉아 점심을 나누어 먹었다.

"잘 얻어먹고 가네."

"덕분에 방아를 잘 찧었소. 맹인 잔치 잘 가시오."

심 봉사는 먹다 남은 음식을 봇짐에 넣어 둘러메고, 지팡막대 앞세우고 터덜터덜 떠나간다.

심 봉사가 집을 떠나 궂은일 좋은 일 온갖 일을 겪으면서 혼자 길을 가다 보니 멀디 멀던 서울도 어느덧 가까워졌다. 마침 해가 뉘엿뉘엿 서산으로 넘어가서 길가 주막을 찾는데, 어떤 여자가 집 문밖에 나와 서 있다가 심 봉사가 지나가는 것을 보고 먼저 말을 건다.

"저기 가는 저 분, 심 봉사가 아니시오?"

"게 누구인고? 나를 알 사람이 없는데, 누가 나를 찾는가?"

"그럴 만한 일이 있으니 여기서 잠깐 기다리시오."

그 여자가 집 안으로 들어갔다 잠시 뒤에 다시 나오더니 심 봉사를 이끌고 들어간다. 마루에다 앉히고 저녁밥을 떡 벌어지게 차려 내오니, 심 봉사가 영문을 몰라 묻는다.

"허허 참, 희한하다. 처음 보는 사람을 이토록 후하게 대접하니, 이게 웬일이오?"

"아무 말씀 마시고, 우선 요기나 하시지요."

허기진 판에 걸지게 차린 음식과 반찬, 오랜만에 저녁을 달게 먹었다. 저녁을 다 먹고 상을 물리고 나니 어느덧 황혼이 되었는데, 그 여인이 다시 나와 심 봉사를 부른다.

"여보시오, 봉사님. 나를 따라 안방으로 들어갑시다."

"이 집에 바깥주인이 있는지 없는지는 모르겠지만, 어찌 길 가던 나그네가 부인네 거처하는 안방으로 들어가겠소?"

"그런 것은 캐묻지 마시고, 그저 나만 따라오시오."

"여보시오. 누가 아픈 모양인데, 나는 독경하는 봉사가 아니오."

"말씀은 그만하고 들어가 보면 다 알게 되어 있소."

심 봉사 하릴없이 끌려가기는 간다마는 괜히 가슴이 조마조마하고 의심이 난다.

'아뿔싸, 내가 아마도 보쌈을 당하는가 보다. 그런데 나 같은 늙은 봉사를 잡아다가 무엇에다 쓰려는고?'

혼잣말로 중얼거리며 대청마루에 올라가서 주섬주섬 자리에 앉으니 여인이 기다리고 있다가 먼저 말을 건다.

"댁이 심 봉사이신가요?"

"그렇기는 하다마는, 그것을 어찌 아시오?"

"아는 도리가 다 있습지요. 먼 길 오시느라 고생이 많았지요? 저의 성은 안씨인데, 불행히도 부모님이 일찍 돌아가시고, 홀로 이 집을 지키고 있습니다. 열 살이 되기 전에 눈이 멀어 나이가 서른이 되도록 아직 시집을 가지 못했답니다. 저는 어릴 때 점치는 법을 배워 해몽을 잘하는데, 며칠 전에 우물에 해와 달이 떨어져 물에 잠기기에 제가 건

* 독경(讀經) 무당이나 점쟁이가 아픈 사람을 낫게 하기 위해 경문을 읽는 것. 남자 맹인들이 많이 했다.

져 품에 안는 꿈을 꾸었습니다. 곰곰이 생각해 보니, 천생배필을 만나
는 꿈이 분명하옵디다. 하늘에 떠 있는 해와 달은 사람으로 치면 눈이
라, 그런 해와 달이 떨어졌으니 저처럼 맹인인 줄 알겠고, 물에 잠겼으
니 심씨인 줄 알았습니다. 그날부터 맹인 잔치 가는 대신 아침부터 계
집종을 시켜 문 앞으로 지나가는 맹인에게 차례로 물은 지 여러 날이
지났습니다. 오늘 드디어 심씨 성을 가진 봉사님을 만나니 아마도 저
의 천생연분이 아닐까 합니다."

심 봉사가 여자라고 하면 뺑덕 어미에게 당한 일이 생각나서 한편으
로는 미심쩍고 걱정이 되었지만, 부드러운 목소리며 단정한 말씨가 뺑
덕 어미처럼 몹쓸 인물은 아닌 듯했다. 속으로 기뻐하며,

"말이야 그럴듯하지만, 정말 그런지는 내 모르겠소."

안씨 맹인이 여종 불러 차를 끓여 권한 후에 찻잔을 사이에 두고 심
봉사와 이야기를 나눈다.

"사시는 곳은 어디며, 어떻게 사셨는지요?"

심 봉사가 지금까지 살아온 이야기를 낱낱이 하며 눈물을 흘리니,
안씨 맹인이 진심으로 위로하고 그날 밤 함께 잠자리에 들었다. 사람
이 그리운 두 사람이 만나 첫날밤을 보냈으니 오죽이나 좋았겠는가?
그런데도 날이 밝자 심 봉사는 도리어 근심스런 모습으로 우두커니
앉아 있었다. 안씨 맹인 영문을 몰라 묻는다.

"무엇이 잘못 되었소? 첫날밤을 보내고도 즐거운 기색이 없으니, 제
가 도리어 무안합니다."

"아니오, 그런 게 아니오. 나는 본디 팔자가 기박해 지난 일을 되돌

아보니, 좋은 일이 생기면 곧바로 서러운 일이 뒤따르곤 했소. 자식 낳자 부인 잃고, 조금 살만 하자 어린 심청이 인당수로 가고……. 그런데 간밤에 꿈을 꾸었더니 또 불길할 징조가 보입디다."

"어떤 꿈인데 그러시오?"

"내 몸이 불에 들어가고, 내 가죽을 벗겨 북을 만들고, 그러더니 나뭇잎이 떨어져 뿌리를 덮습디다. 불로 지지고 가죽을 벗겨 내는 형벌을 받다가 결국에는 죽어 땅에 묻힐 꿈이 분명하오. 하긴, 딸을 팔아먹고도 이제까지 살았으니 이런 죄를 받는 것이 당연하지 않겠소?"

안씨 맹인이 듣고 말하기를,

"그 꿈 참으로 좋은 듯하옵니다. 꿈이 흉하면 좋은 일이 생긴다 했으니, 내가 잠깐 해몽을 해 보리다."

향을 피우고 단정히 꿇어앉더니 잠시 후 점괘를 풀고 이렇게 말했다.

"몸이 불 속에 들어간다 하니 오래된 낡은 몸은 다 살라 버리고 불길처럼 번성해 찬란한 영화를 누린다는 뜻이고, 가죽을 벗겨 북을 만들었다 하니 북은 궁궐이나 관청 같은 높은 곳에 있는 것으로 봉사님이 궁궐에 들어갈 꿈인 듯합니다. 그리고 나뭇잎이 떨어져 뿌리로 돌아갔다 하니, 다 큰 자식이 부모의 품으로 다시 찾아온다는 것입니다. 이보다 더 좋은 꿈이 어디 있겠습니까? 대단히 좋은 꿈이니, 저도 참으로 기쁩니다."

● **심씨(沈氏)** '심(沈)'은 사람 성으로 쓰일 때는 '심'이지만, '(물에) 빠지다'는 뜻으로 쓰일 때는 '침'으로 읽는다. 심청의 성이 심씨 인 것도 물에 빠진다는 의미를 나타내기 위해 쓰였다.

심 봉사가 웃으며,

"허허, 듣기는 좋소. 그렇지만 무슨 수로 내가 영화를 누리며, 심청이 죽어 내겐 자식이 없는데 어느 자식을 만난단 말이오? 맹인 잔치에 가는 길이니 궁궐에 들어가기는 갈 터이나, 아무래도 잘될 꿈은 아닌 듯하오."

"지금은 내 말을 믿지 않지만, 두고 보십시오."

심 봉사는 맹인 잔치에 가지 않으려는 마음을 먹는데, 안씨가 자꾸 재촉했다. 결국 심 봉사는 아침밥을 먹는 둥 마는 둥 하고 안씨 부인과 헤어져 집을 나섰다. 이윽고 서울 거리로 들어서니 골목골목 소경 천지구나. 이제 막 서울에 들어와 잔치에 가는 맹인, 이제 막 궁에서 나와 돌아가는 맹인, 보이지도 않는 눈으로 서울 구경한다고 돌아다니는 맹인, 맹인들한테 점을 보아 주겠다며 자리를 편 맹인, 양반이라고 거드름 피우며 하인 앞세우고 팔자걸음으로 가는 맹인, 술 한잔에 거나하게 취해서 덩실덩실 춤추며 가는 맹인, 잔치 음식 배 터지게 먹고 설사병이 나서 아랫배 움켜쥐고 이리 뛰고 저리 뛰는 맹인, 전국의 맹인을 다 모아 놓으니 구경거리도 그런 구경거리가 없었다. 군사들은 어깨에 깃발을 꽂고, 이곳저곳 다니면서 큰 소리로 외친다.

"각 도 각 읍 소경님들, 오늘로 잔치가 끝이니 어서 바삐 궁궐로 들어가시오!"

심 봉사는 막판에 도착해 이름과 고향을 적어 내고는, 맹인 잔치 벌여 놓은 마당 한구석에 쭈그리고 앉았다.

아버지도 눈 뜨고, 천하 맹인도 눈 뜨고

이때 심 황후는 여러 날 동안 맹인 잔치를 하면서 아무리 기다려도 부친이 오지 않으니 혼자 앉아 탄식한다.

"아버지는 어이하여 이때까지 못 오시는가? 부처님의 은혜로 감은 눈을 번쩍 떠서 맹인을 면하셔서 안 오시나. 그렇다면야 다행일 텐데, 혹시라도 늙고 병들어 서울까지 못 오시는가? 살아 계시다면 그나마도 다행인데, 불효 여식 보내고 애통히 지내다가 아예 세상을 떠나셨나? 어떡하나. 아버지, 불쌍한 우리 아버지!"

잔치는 며칠 동안 이어지는데 심 봉사가 보이지 않자, 심 황후는 하루하루 걱정이 늘어만 가다가 오늘이 잔치 마지막 날이라 몸소 나가 아버지를 찾아보리라 마음을 먹었다. 심 황후는 누각의 높은 곳에 자리를 잡고 맹인 잔치를 구경하니, 풍악 소리도 낭자하고 맛난 음식도 풍성하다.

잔치를 마칠 즈음, 맹인을 하나하나 불러올려 의복 한 벌씩 내주니, 모든 맹인이 사례하고 돌아가는데 맨 뒷자리에 맹인 하나가 즐거운 기색도 없이 우두커니 앉아 있다. 상궁이 심 황후의 명을 받고 그 맹인에게 다가가 이름을 물어본다.

"자네는 어디에 온 어떤 맹인인가?"

"저는 처자식도 없고, 거처하는 곳도 없는 불쌍한 맹인이오. 천지를 집으로 삼아 사방으로 떠돌아다니며 지내다가 맹인 잔치 한다기에 이제야 왔나이다."

아직까지 아무런 사정을 모르는 심 봉사는 어젯밤 꿈 때문에 괜히 가슴이 섬뜩해 조심조심 대답했다. 상궁은 아무 대꾸 하지 않고 곧장 황후에게 가서 들은 대로 전하니, 심 황후는 처자식이 없다는 말에 혹시나 하여 그 맹인을 데려오라 명했다.

상궁이 심 봉사를 인도하여 심 황후가 있는 누각 안으로 들어갔다. 심 봉사는 아무래도 꿈대로 되려나 보다 싶어 겁을 더럭 먹고 벌벌 떨면서 계단 아래에 무릎을 꿇고 앉았다. 그동안 험난한 세상 풍파에 찌들어 얼굴은 몰라 볼 만큼 변해 있고, 머리는 흰머리로 뒤덮여 눈코조차 분간키 어려웠다. 심 황후는 늙은 맹인의 모습이 부친인 듯도 하여 가슴이 방망이질 치기 시작했다. 심 봉사가 고생을 많이 하고 너무 늙어 옛 모습을 찾아보기 힘든지라 황후는 한 번에 알아보지 못하고 확인차 물었다.

"어디 사는 봉사이며, 어찌하여 처자식도 없는가?"

심 봉사는 언제든지 처자식 말만 나오면 눈물이 비 오듯 쏟아지니 울먹이며 말을 한다.

"예, 예, 소인이 말씀 올리겠나이다. 소인은 황주 도화동 사옵고, 성은 심가요 이름은 학규라 하옵니다. 곽씨 집안에서 처를 얻었다가, 나이 스물이 되기도 전에 눈이 멀고 마흔에 상처했습니다. 곽씨 부인이 남기고 간 핏덩이 딸자식을 젖동냥으로 근근이 길렀는데, 아비의 눈 어둔 것이 평생의 한이 되어 남경 뱃사람에게 삼백 석에 몸을 팔아 인당수에서 죽었습니다.

그런데도 아직 눈도 뜨지 못하고 자식만 잃었사오니, 자식 팔아먹은 놈이 세상 살아 무엇하겠습니까? 저의 죄를 제가 이미 아오니, 몹쓸 죄를 지은 인간 바로 죽여 주옵소서."

심 황후는 아버지의 이름을 듣고도 꿈인가 생시인가 오히려 정신을 못 차리고 듣고만 있다가, 딸이 공양미 삼백 석에 몸을 팔아 인당수에 빠졌다는 이야기를 듣고는 그제야 정신이 번쩍 들어 버선발로 우루루루 달려들어 아버지의 목을 끌어안고 통곡했다.

"아이고, 아버지! 몽운사 화주승이 공들이면 눈 뜬다 하더니 왜 여태 눈을 못 뜨셨어요? 뱃사람들이 살림을 모아 주고 동네 사람들에게 신신당부를 했건만 무슨 고생을 하시어 이토록 늙으셨어요? 아이고, 아버지! 인당수 풍랑 중에 빠져 죽었던 심청이가 살아서 여기에 왔어요! 아버지, 눈을 뜨고 청이를 좀 보세요."

심 봉사가 이 말을 듣더니 깜짝 놀라,

"아니, 누가 날더러 아버지라고 하는고? 나는 자식도 없고, 아무도 없는 사람이오. 내 딸 심청이는 인당수에서 죽었는데, 여기가 어디라고 살아온단 말인가? 나를 두고 장난을 치는 것인가, 아니면 귀신이 찾아온 것인가?"

심 황후는 이 말을 듣고 더 큰 울음을 터뜨린다.

"아버지, 제가 바로 심청이에요. 아버지! 제 효성이 부족해 제 몸만 살아나고 아버지는 눈을 못 떴나 보옵니다. 제가 다시 죽어 가서 옥황 상제께 빌어서라도 아버지 눈을 뜨게 하겠습니다. 아이고, 아버지, 저를 좀 보세요!"

"아니 또 죽다니? 네가 사람이건 귀신이건 그놈의 죽는다는 소리를 내 듣는 데서 하지 마라. 네가 정령 우리 딸 심청이면, 나는 눈 못 떠도 상관없다. 죽지 마라, 죽지만 마. 내 딸 청아. 내 딸 청이 맞느냐? 어이구, 어이구 답답하다."

삼 년이나 세월이 흐르고 심 황후가 귀한 몸이 되었

으니 심 봉사는 아무리 더듬더듬 얼굴을 만져 보아도 딸인 줄을
알 수가 없다. 심 봉사가 답답해 미칠 지경으로 어찌할 줄을 모르고
바득바득 소리를 지른다.

"청아! 살아 돌아온 우리 딸 청아! 얼굴이나 한번 보자꾸나!"

어찌나 반갑고 보고 싶던지 심 봉사는 감은 눈을 벅벅 비비며 꿈쩍
꿈쩍한다. 그러더니 갑자기 투둑, 딱지 떨어지는 소리가 나더니 두 눈
이 활짝 떠졌구나.

심 봉사가 눈을 뜨고 다시 보니 눈앞에 심 황후는 도리어 처음 보는
얼굴이라. 자기가 심청이라 하니 심청인 줄 알지마는 한 번도 보지 못
한 얼굴이라 알 수가 있나? 그래도 심 봉사 좋아라고 심청을 부여안고
덩실덩실 춤추며 노래한다.

얼씨구나 좋을씨구, 지화자 좋을씨구.
어두운 눈을 다시 뜨니 온 세상 천지에 해와 달이 장관이요,
갑자년 사월 초파일 날 꿈에서 본 선녀 얼굴,
이제와 다시 보니 그때 그 얼굴이로다.
얼씨구나 좋을씨구, 지화자 좋을씨구.
어화 사람들아, 아들 낳기 힘쓰지 말고 딸 낳기를 힘쓰시오.
죽은 딸 심청이를 이제와 다시 보니 하늘에서 선녀가 내려오셨구나.
얼씨구나 좋을씨구, 지화자 좋을씨구.
딸의 덕으로 어두운 눈을 뜨니 해와 달은 다시 밝아 더욱 좋고,
아들이 좋다 말고 딸을 잘 키우라니 나를 두고 하는 말이구나.
얼씨구나 좋을씨구, 지화자 좋을씨구.

심 봉사가 눈을 떠서 춤추고 노래하는 소리가 쩌렁쩌렁 울려 퍼지
니 천하의 봉사들도 그 소리를 듣고 일시에 눈을 뜬다. 사흘 동안 잔
치에 먼저 왔다가 돌아간 봉사들은 집에서 눈을 뜨고, 길 위에서도
눈을 뜬다. 일어서다 눈 뜬 사람, 주저앉다 눈 뜬 사람, 울다 웃다 눈
뜬 사람, 일하다가 눈 뜬 사람, 놀다가 눈 뜬 사람, 자다 깨서 눈 뜬 사
람, 하품하다 눈 뜬 사람, 기침하다 눈 뜬 사람, 코 풀다가 눈 뜬 사람,
방귀 뀌다 눈 뜬 사람. 온 나라의 봉사들이 제각각 눈을 뜨니 온 나라
에 놀라는 소리가 또 한 번 떠들썩하다.

잔치에 온 소경, 잔치에 못 온 소경, 두 눈 감은 소경, 한 눈만 감은
소경, 젊은 소경, 늙은 소경, 어린 소경, 어미 배 속에 든 소경까지, 마
치 오뉴월 장마에 둑 터지는 소리처럼 쩍쩍 소리를 내며 모두 다 눈을
뜨는데, 뺑덕 어미 꾀어내어 도망친 황 봉사만 눈 못 뜨고 이게 무슨
소린가 하고 앉았구나.

심 황후의 어진 덕으로 세상 천지에 눈 먼 사람들이 모두 세상의 빛
을 보니 여러 소경들도 노래하며 춤을 춘다.

얼씨구나, 절씨구. 지화자 좋고 좋네.
감았던 눈을 뜨고 보니 온 세상 천지에 산과 강이 장관이요,
황제 황후 계신 궁궐에 맹인 잔치도 장관일세.
얼씨구나, 절씨구. 지화자 좋고 좋네.
어진 심 황후 만만세, 어진 폐하도 만만세.
죽었던 딸 만난 심 봉사님도 만만세로다.
얼씨구나, 절씨구. 지화자 좋고 좋아.

요순 임금 태평 시절에도 맹인 눈 떴다는 말을 못 들었네.
온 세상 봉사 눈 뜬 일은 오늘이 처음이네.

심 황후는 아버지를 예복으로 갈아입게 하고 예를 다해 내전으로 모셨다. 그런 후에, 심 봉사와 마주 앉아 여러 해 동안 쌓인 회포를 몇 날 며칠 풀어 놓는데, 한 번 웃으면 한 번 울고 하며 그리던 정을 나누었다.

이야기가 안씨 맹인에 이르자, 심 황후는 즉시 가마를 보내 안씨 부인을 모셔 와 어머니로 모시기로 했다. 황제는 심학규를 부원군에 봉하고 안씨 부인은 정렬부인에 봉했다. 또한 무릉촌 장 승상 부인에게는 후한 상을 내리고 궁궐로 불러들여 심 황후와 상봉하게 하고, 귀덕 어미를 비롯한 도화동 사람들에게는 세금을 면해 주었다. 그리고 무릉 태수를 불러 높은 관직을 내리고, 남경 장삿배의 우두머리 뱃사공에게도 관직을 내려 나랏일을 맡겼다.

이날부터 온 나라에 노랫소리 끊이지 않고 태평성대가 계속되었다. 세월이 흐르고 흘러 황제와 황후가 같은 날 세상을 하직했는데, 이는 분명 북두칠성 첫째 별이신 문창성과 서왕모의 따님이 인간 세상을 돌보려 내려왔다가 할 일을 다 하고 하늘로 돌아가신 것이리라.

• **부원군(府院君)** 왕비의 친아버지에게 내리는 벼슬 이름.
• **정렬부인(貞烈夫人)** 조선 시대에, 정조와 지조를 굳게 지킨 부인에게 내리던 칭호.

또 다른 《심청전》

심청 이야기의 재탄생

판소리계 소설은 여러 편의 근원 설화에서 유래해 판소리가 되고 이후에 소설로 창작되는 과정을 거칩니다. 판소리계 소설은 근대 이후에 두 방향으로 나뉘어 발전하는데, 하나는 판소리의 극적 요소를 계승해 창극으로 재창작하고 이것을 다시 현대적인 연극으로 변모시키는 것입니다. 또 하나는 판소리의 소설적 요소를 계승해 현대 소설로 개작하는 것이지요. 《심청전》은 굉장히 인기 있는 판소리였으며, 오늘날까지 다양한 모습으로 재창작되고 있습니다. 이는 심청이 이야기가 시대마다 우리 민족에게 새로운 감동을 선사하며 끊임없이 재탄생할 수 있는 생명력을 지녔다는 증거일 것입니다.

여규형의 잡극 〈심청왕후전〉

우리말로 전승되고 기록된 《심청전》을 한문으로 번역했습니다.

● 1846   ● 1908   ● 1912

방각본 소설 출판

손으로 베낀 필사본의 형태의 소설에서 벗어나 목판 인쇄본인 방각본 소설이 등장해 상업 출판을 시작하면서 책 대여점이 생겨날 정도로 소설이 널리 유행하게 되었습니다.

이해조의 신소설 《강상련》

이해조는 고어 문체로 된 고소설 《심청전》을 구어체의 신소설로 각색했습니다. 내용의 큰 변화는 없었지만 황당무계한 요소들이 삭제됐지요.

완판본 《심청전》.

채만식의 희곡 〈심 봉사〉

심청이 인당수로 가고, 장 승상 부인으로부터 심청이의 이야기를 알게 된 왕후는 맹인 잔치를 열어 심 봉사를 찾습니다. 그런 다음 심청이로 가장한 궁녀가 심 봉사를 모시도록 하는 계획을 세우지요. 하지만 심 봉사가 딸을 찾은 기쁨에 눈을 뜨게 되면서 거짓이 탄로 납니다. 심 봉사는 딸을 팔아 눈을 뜨려 한 것을 후회하며 스스로 눈을 찔러 다시 실명하고, 심청이를 기리기 위해 지은 망녀대로 떠납니다.

딱지본 《심청전》 출판

근대적 기술인 활판 인쇄로 고소설과 신소설 등을 펴낸 값싸고 얇은 책. 표지가 알록달록해 딱지본이라고도 불리고 값이 6전이라 육전 소설이라고도 불립니다.

1920~1930　　1930~1940　　1936

유성기 음반 대중 희곡, 만(漫)극 《모던 심청전》

《모던 심청전》은 《심청전》을 패러디해 1930년대의 세태를 풍자하고 웃음을 자아냅니다. 모던 심청은 고무 공장 여직공이고 맹인 심 봉사는 맹아 학교 교사이지요. 공양미 삼백 석 대신 개안 수술 비용이 삼백 원입니다. 심청의 태몽에는 선녀가 나타나는 대신 프랑스 광고 모델이 나와서 부인병 치료약을 알려 줍니다. 심청이 아버지의 눈을 뜨게 하는 비용을 마련하기 위해 몸을 파는 곳도 인당수가 아니라 하얼빈의 댄스홀이지요. 하지만 패러디된 모던 심청의 효심은 전혀 다르지 않습니다. 모던 심청은 걱정하는 아버지를 안심시키기 위해 하얼빈이 가까운 곳이라고 거짓말을 하지요. 가족을 위해 몸을 파는 사람들도 있는데 댄스홀쯤은 괜찮다며 길을 떠납니다. 세상 물정을 모르는 심 봉사는 딸의 말만 듣고 사흘만 있다 오라며 작별 인사를 합니다.

《모던 심청전》.

최인훈의 희곡 〈달아 달아 밝은 달아〉

심청은 아버지로부터 시주 이야기를 듣고, 방도를 생각하다가 뺑덕 어미의 주선으로 뱃사람들을 만나 청나라 색주가에 몸을 팝니다. 뺑 덕 어미는 공양미로 받은 삼백 석 가운데 반만 시주하고 나머지로는 술집을 차리자고 심 봉사를 꼬드겨 고향을 떠나지요. 심청이는 청나 라의 색주가에서 일하다가 손님으로 온 김 서방을 만나 결혼을 약속 하고 함께 귀국하기로 합니다. 그러나 귀국길에 왜구의 습격을 받아 포로가 되었으며 섬에서 그들의 노리개가 됩니다. 늙고 눈멀고 실성 한 상태로 고향에 돌아온 심청은 동네 아이들의 '미친 청'이라는 놀림 속에 미화된 과거의 기억만을 갖고 살아갑니다.

서항석의 악극 〈심청〉

악극은 대중음악과 춤, 재담 등 으로 이루어진 대중적인 연극 이었습니다.

창극 〈심청〉

창극은 판소리의 창을 바탕으 로 만들어진 음악 연극으로, 20세기 초에 시작되어 현재까 지 공연되고 있습니다.

| 1943 | 1962 | 1968 | 1972 | 1978 |

이형표 감독의 영화 〈대심청전〉

도금봉, 허장강 주연의 〈대 심청전〉이 9월, 서울 명보 극장에서 개봉했습니다.

윤이상의 오페라 〈심청〉

한국의 정서를 서양 음 악에 담아낸 세계적인 작품으로, 1972년 뮌헨 올림픽 문화 축전에서 공연됐습니다.

윤이상의 〈심청〉 악보.

오태석의 희곡
〈심청이는 왜 두 번 인당수에 몸을 던졌는가〉

용궁에서 왕비로 환생하길 기다리던 심청은 1990년 한
국 사회로 인간 세상 구경을 가는 용왕을 따라나섭니다.
용왕이 선택한 현대인은 순박한 농민 윤세명이었는데,
올바르게 살아가려고 하지만 소 사육에 실패하고 도시
로 흘러와 잡일을 전전하는 인물입니다. 그는 사기를 당
한 데다 불구까지 되어 현실의 벽에 부딪히며 좌절하지
요. 군산 앞바다에서 배를 사서 새우잡이를 하려 하나
실상 그 배는 새우잡이를 가장한 인신매매 매춘 선이었
습니다. 비인간적인 현실에 충격을 받은 세명은 잡혀 온
여성들을 구출하려 하지만, 세상의 무관심으로 그마저
도 실패하고 맙니다. 각박한 현대 사회에서 자신의 희생
이 필요하다고 느낀 심청은 다시 바다에 뛰어들지만, 바
뀌는 건 하나도 없습니다. 이를 보고 삶에 지친 다른 여
성들도 뒤이어 바다에 몸을 던집니다.

1986   1991   2004

창작 발레 〈심청〉

유니버설 발레단은 독자적인 공연작을 만들면서
고전 《심청전》을 창작 발레로 만들어서 1986년에
초연했습니다. 창작 발레 〈심청〉은 한국적 춤사위
와 전통적인 색채가 발레로 승화된 작품으로, 20년
가까이 국내외에서 널리 공연되었습니다.

애니메이션 〈왕후 심청〉

남북한이 공동 제작한 애니메
이션. 서울 국제 만화애니메이
션 페스티발(SICAF) 대상, 프랑
스 안시 국제 애니메이션 영화
제 특별상을 수상했습니다.

깊이 읽기
어둠에서 빛으로
바뀌길 바라는 민중의 염원

함께 읽기
심청이처럼 인당수에
빠져야 한다면?

깊이 읽기

어둠에서 빛으로 바뀌길 바라는
민중의 염원

◉ 참으로 슬퍼 '처량 교과서'로 불리기도 한 《심청전》

판소리는 조선 후기 민중 연행 예술의 꽃입니다. 거기에는 흥미로운 인물이 여럿 등장해 민초들의 애환을 노래하지요. 춘향이 그 대표적 인물입니다. 그녀는 자신이 처한 부당한 현실을 순순히 받아들이는 대신, 온갖 시련을 꿋꿋이 이겨 내는 강인한 여성의 전형입니다. 그런데 우리가 지금까지 읽어 본 《심청전》의 심청은 이와 다릅니다. 강인하기보다는 가련합니다. 어린 심청은 눈먼 아버지와 함께 많은 사람의 심금을 울린 슬픈 이야기의 주인공이지요. 판소리가 우리 민족의 애환을 담은 연행 예술이라면, 〈심청가〉는 그 가운데서도 으뜸입니다.

우리는 판소리 하면 으레 영화 〈서편제〉를 떠올리는데, 이 영화에서 〈심청가〉가 주제곡처럼 쓰인 것은 결코 우연이 아닙니다. 우리는 어린 딸과 눈먼 남편을 남겨 두고 죽어 가는 곽씨 부인을 보며 눈물 흘리고, 광풍으로 일렁이는 인당수 뱃머리에 선 심청을 바라보며 안타까워하고, 연꽃으로 환생한 심 황후를 지켜보며 함께 기뻐하고, 부녀가 상봉하여 심 봉사가 눈을 뜨자 일제히 환호하며 눈물 흘립니다. 이렇듯 〈심청가〉는 청중을 무한한 슬픔에 빠져들게 만드는 비감한 텍스트입니다. 오죽하면 신소설 작가 이해조(1869~1927)가 〈심청가〉를 '처량 교과서'라 불렀을까요?

하지만 심청을 눈물만 질질 짜는, 가엾고 처량한 신파극의 주인공으로만 치부해서는 안 됩니다. 그 정도였다면 그토록 과분한 사랑을 받을 수 없었을 것입니다. 우리는 현재 전하는 여러 이본과 다채로운 전승 방식을 통해 《심청전》의 인기를 짐작할 수 있습니다. 《심청전》 이본은 무려 150종으로, 《춘향전》 다음으로 많습니다. 그만큼 많은 사람이 돌려 가며 읽었다는 것이지요. 또한 향유되는 방식도 다채로웠습니다. 소설로도 읽히고, 판소리로도 불리고, 가사로도 낭독되었습니다. 동해안 무당들은 굿을 할 때 무가로 부르기도 했습니다. 용왕의 보살핌으로 살아 돌아온 심청은 뱃사람을 지켜 주는 신으로 떠받들어졌기 때문입니다. 《심청전》이 이처럼 많은 사랑받았던 이유는 무엇일까요?

● 적대자 없이 벌이는 심청과 세계의 당찬 대결

《심청전》의 줄거리는 누구나 알듯이, 심청이 눈먼 아비를 위해 인당수에 몸을 던지고, 심 봉사는 딸을 다시 만난 기쁨에 눈을 떴다는 동화 같은 이야기! 이런 뻔한 이야기가 우리를 감동시키는 이유는 무엇일까요? 아마도 심청이 보여 준 눈물겨운 분투일 것입 니다. 어미를 여의고 눈먼 아비와 둘이서 험난한 삶을 견뎌 내야 했던 심청은, 자신을 고난의 구렁텅이로 밀어 넣는 광포한 세계를 향해 투정을 부리거나 악쓰며 대들지 않 습니다. 대신 자신의 운명을 고분고분 받아들이지요. 이뿐만 아닙니다. 작품에는 심 청을 괴롭히거나 방해하는 인물도 없습니다. 적대적 인물이 없기에 인물 간의 갈등도 존재하지 않습니다.

 익히 알려진 것처럼, 소설은 대부분 등장인물간의 팽팽한 갈등을 통해 이야기를 풀 어 나갑니다. 악인이 없는 소설이 과연 얼마나 되겠습니까? '권선징악'이 특징인 고전 소설에서는 더욱 그럼에도 불구하고 《심청전》이 특이하게도 사랑을 받았습니다. 갈등 구조도 없는 작품이 흥미롭게 읽힌 요인은 무엇이었을까요? 아마도 적대자가 등장하 지 않는 대신 주인공을 마구 휘둘러 대는 세계의 횡포, 다시 말해 절대적 궁핍에 내던 져진 심청 부녀의 가련한 운명과 그 극복 과정이 소설적 흥미의 요체일 것입니다. 생 각해 보십시오. 눈먼 아비의 딸로 태어난 죄로 목숨을 팔아야만 했던 심청, 그리고 의 지가지없는 철저한 고립으로 내몰리는 운명을 감내하지 않으면 안 되었던 심 봉사! 그 들 부녀가 대면하고 있던 세계는 냉혹하기 그지없었던 것입니다.

 아무개네, 큰 아가! 작년 오월 단옷날에 그네 뛰고 놀던 일이 너도 생각나느냐?

너희들은 팔자 좋아 부모 모시고 잘 있어라. 나는 오늘 우리 부친 이별하고 죽
으러 가는 길이로다.

심청이 남경 상인을 따라가면서 터뜨린 탄식입니다. 여기서 심청은 자신과 친구를
'나'와 '너희들'로 명확하게 구분합니다. '나'와 '너희들', 그것은 단수와 복수입니다. 그
녀는 동네 사람들의 보호 속에 길러졌지만, 집에 돌아오면 눈먼 아비와 '함께' 혼자였
습니다. 그러면서 자신의 힘으로 자기 운명을 개척할 수밖에 없다는 삶의 이치를 하
루하루 깨달았던 것이지요. 이웃 사람들은 심청이에게 젖도 주고 밥도 주며 따뜻하게
대해 줍니다. 하지만 사람이란 아무리 가엾다고 해도 언제나 사랑으로만 감싸 주는
존재가 아닙니다. 그래서 힘없는 자를 짓밟고, 나약한 자를 멸시하는 일이 비일비재
한 것일 테지요.

《심청전》에서도 인간의 그런 면모가 언뜻언뜻 내비칩니다. 특히 《심청전》의 초기 이
본들은 부친 대신 구걸하던 심청의 헐벗은 모습과 그런 심청을 매몰차게 쫓아내는 냉
혹한 세태를 생생하게 보여 줍니다. 심청은 이런 구박과 멸시를 받으면서 눈먼 아버지
를 봉양한 것입니다. 물론 후기 이본을 보면, 이런 모습이 너무 각박하다고 여겼는지
도화동 이웃들이 온통 따뜻하게 도와주는 것으로 바뀌어 있습니다. 하지만 멸시와
동정은 동전의 양면과도 같으니 심청이가 깨달은 '나'와 '너희들'의 구분은 여전히 유효
합니다. 그리하여 심청은 열두 살이 되자 더 이상 공밥 먹지 않겠다며 삯바느질로 부
친과 함께 삶을 꾸려 나갔던 것입니다. 이런 맥락에서 심청이 장 승상 부인의 도움을
거절한 까닭도 이해할 수 있습니다.

먼저 말씀드리지 못한 것을 이제 와 후회한들 어쩌겠습니까? 또한 부모를 위해
정성을 다할 때, 어찌 남의 재물에 의지하겠습니까? 게다가 뱃사람들과 이미
약속했으니 이제 와서 말을 바꾸기는 차마 못할 일입니다.

다른 사람의 명분 없는 도움을 받을 수 없다, 사정이 바뀌었다고 다른 사람을 낭패보게 해서는 안 된다, 이것이 바로 심청이 장 승상 부인의 도움을 거절한 이유입니다. 죽음을 앞에 두고 내린 이런 선택이, 철없고 바보 같은 짓이라고 꾸짖을 수도 있겠습니다. 그러나 이런 어리석음도 아무나 가질 수 없습니다. 자신의 운명을 자신의 힘으로 감당하려는 의지가 뒷받침되지 않는다면 절대 불가능합니다. 우리가 심청을 고전소설의 주인공 가운데 가장 인상적인 여성으로 기억하는 것은 이런 '바보 같은' 모습 때문입니다. 그리하여《심청전》을 읽는 우리의 관심은 저 광포한 세계를 어린 심청이 어떻게 헤쳐 나갈 것인가에 모입니다. 이런 점에서《심청전》은 가녀린 주인공이 광포한 세계와 한판 대결을 벌여 승리한 영웅 서사시라 할 수 있고, 부녀 상봉과 심 봉사가 눈 뜨는 결말은 세계의 횡포에 맞서 승리한 한 인간, 한 시대를 기리는 기념비라 할 수 있습니다.

● 절묘하게 배치된 슬픔과 기쁨의 어울림

우리는 판소리를 이끌어 가는 서사 동력으로 '울리고 웃기는' 것을 꼽곤 합니다.《심청전》도 예외가 아니어서, 읽는 사람을 극한의 슬픔으로 몰아가다가 문득문득 웃음을 터뜨리게 만드는 대목이 곳곳에 있습니다. 비장과 골계를 절묘하게 뒤섞어 놓는 판소리 특유의 서사 문법이 구현되는 것입니다. 그리하여 심 봉사와 심청이 엮어 가는 사건을 지루하지 않게, 오히려 그 사연에 긴장과 안도를 반복하며 감상하도록 만듭니다.

그렇지만 유심히 살펴보면, 웃음의 빛깔이 한결같지 않다는 사실을 깨닫습니다. 때론 어처구니가 없어 웃게 만드는가 하면, 때론 시름을 털어 버리고 너털웃음을 웃게 하기도 합니다. 첫 번째 웃음의 국면은 이러합니다.

"아가, 오늘은 반찬이 유난히 좋구나. 뉘 집에 제사 지냈느냐? 그런데 아가, 이
상한 일도 참 많더구나. 내가 간밤에 꿈을 꾸었는데 네가 큰 수레를 타고 한없

이 먼 곳으로 가더구나. 수레라 하는 것이 본래 귀한 사람 타는 것인데, 장 승상 댁에서 너를 가마에 태워 가려는가 보다."

심청이는 듣고 자기가 죽을 꿈인 줄 짐작했건만, 아버지가 편하게 진지나 드시라고 또 거짓말을 한다.

"아버지, 그 꿈 참으로 좋습니다."

심청이 떠나는 날 아침, 심 봉사가 좋은 꿈을 꾸었다고 하는 대목입니다. 우리는 사태를 제대로 파악하지 못하는 심 봉사의 행동에 어처구니가 없어 웃지요. 철없는 심 봉사에 대한 풍자인 듯도 합니다. 자신의 잘못으로 죽을 곳으로 떠나는 어린 딸 앞에서 이렇듯 너스레를 떨고 있으니 그럴 법도 합니다. 실제로 많은 독자가 심 봉사를 철없다고 꾸짖기도 하지요. 경제적 빈곤과 신체적 불구 때문에 심 봉사는 보통 사람보다 어리숙했을지도 모릅니다. 하지만 판소리 광대들은 심 봉사를 우리와 같은 평범한 인물로 그려 내고자 했을 뿐 비난하거나 풍자하려는 의도는 없는 것으로 보입니다.

더욱이 작품을 제대로 읽으려면, 사건의 문맥을 놓치지 말고 감상해야 합니다. 심 봉사의 철없어 보이는 행동, 그 이면에 감춰진 속뜻을 읽어 내야만 합니다. 심 봉사의 해몽이 감추고 있는 의미가 그를 비웃거나 풍자하려는 게 아니라면, 대체 무엇일까요? 우리는 앞의 대목에서 심 봉사에게 닥칠 비극적 정황을 극대화하기 위해 교묘하게 배치한 반어를 읽어 낼 수 있습니다. 어린 딸은 죽으러 가 버리고, 결국 혼자 남을 처지를 눈면 자신만 모르는 상황이 위와 같은 해몽 장면과 대비될 때 더욱 절절하게 다가오지 않을까요?

한편 또 다른 빛깔의 웃음도 있습니다. 심 봉사의 재산을 노리고 달라붙은 뺑덕 어미를 묘사하는 대목인데, 여기서 우리는 터지는 쓴웃음을 참을 수 없습니다.

이 계집은 천하에 몹쓸 계집이니, 행실이 꼭 이러했다. 쌀을 주고 떡 사 먹고 잡곡 팔아 술 사 먹고, 욕 잘하고 흉 잘 보고, 흑심 많고 욕심 많고, 술 취해 한밤중에 꺼이꺼이 울음 울고, 총각 보면 꼬리 치고, 여자 보면 눈 흘기고, 남자 보

면 쌩끗 웃고, 잠자면서 이 갈고, 날이 새면 악쓰고, 이웃집에 대 놓고 밥 얻어
먹고, 정자 밑에서 낮잠 자고, 홀딱 벗고 술 퍼먹고, 삐쭉하다 빼쭉하고, 빼쭉하
다 삐쭉하고, 힐끗하다 핼끗하고, 핼끗하다 힐끗하고, 삐쭉 빼쭉, 씰룩 쌜룩, 하
루에도 몇 번이나 시시각각 변덕을 부린다.

뺑덕 어미는 고전 소설에 등장하는 여인 가운데 악처의 으뜸입니다. 그녀의 못된 행
동과 추한 모습은 많은 사람에게 증오심을 불러일으키는 한편, 해학적인 웃음을 유발
하기도 합니다. 못된 행동과 추한 모습이 우리의 상식을 훨씬 넘어서고 있기 때문입니
다. 어쨌든 뺑덕 어미의 등장으로 비통한 분위기가 잠시나마 골계적인 분위기로 전환
됩니다.

하지만 그녀는 웃음 유발을 위한 소도구가 아닙니다. 이유인즉 이러하지요. 맹인 잔
치에 참석하러 가던 중, 뺑덕 어미는 황 봉사와 눈이 맞아 도망칩니다. 뒤늦게 이를 알
게 된 심 봉사는 한바탕 통곡을 합니다. 그때 그런 모습을 지켜보며 청중은 무슨 생
각을 할까요? 도망친 뺑덕 어미의 그릇된 처사에 대해 분노할까요, 아니면 심 봉사의
절망적 현실에 대해 동정할까요? 둘이 확연히 나뉘는 것은 아니지만 후자가 정답에
가깝습니다. 뺑덕 어미의 도망이란, 추락을 거듭하던 심 봉사가 맞이한 최악의 상황
이었습니다. 앞서 뺑덕 어미의 못난 외모와 몹쓸 행실을 자세히 묘사한 것은 그처럼
못생기고 행실 나쁜 여자였을지언정, 심 봉사에게는 마지막 의지처였다는 사실을 암
시하는 절묘한 대비였던 것입니다. 그렇다면 그녀의 추한 몰골을 향한 쓴웃음은 결국
심 봉사의 절망적 현실과 서사적 연관을 맺고 있던 삽화가 아니었을까요?

물론 《심청전》에는 흥겹기 그지없는 웃음도 있습니다. 심 봉사가 황성의 맹인 잔치
에 가는 도중에 여염집 아낙들을 만나 〈방아 타령〉을 부르며 노는 장면입니다.

덜크덩 덜크덩, 바삐 찧어라. 점심때가 늦어 간다.
어유화 방아요.

미끌미끌 기장 방아, 사박사박 율무 방아.

어유화 방아요.

찧기 좋은 나락 방아, 지긋지긋 보리 방아.

어유화 방아요.

오호 맵다 고추 방아, 고소하구나 깻묵 방아.

어유화 방아요.

옆에서 방아 찧는 부인 궁둥이가 넓두둥도 하구나.

어유화 방아요.

들에 가서 찧게 되면 물레방아가 제격이요, 집에서 찧게 되면 디딜방아가 좋을
씨고.

어유화 방아요.

한 다리 높이 밟고 오르락내리락 방아 모습.

어유화 방아요.

실룩 벌룩 뺏죽 뺏죽 방아 모양 보아 하니 밥 달라고 힐끗 할끗.

어유화 방아요.

이 노래가 남녀간의 성행위를 암시하고 있음은 어렵지 않게 확인할 수 있습니다. 사실 여기서 심 봉사가 이처럼 외설스런 노래를 부르면서 히히덕거리는 행동을 하고 있어서는 안 되지요. 현숙하던 곽씨 부인이 죽고, 불쌍한 딸 심청을 잃어버리고, 마지막 의지였던 뺑덕 어미조차 도망가 버린 절박한 상황이 아니던가요? 게다가 황후가 된 심청은 얼마나 애타게 부친을 기다리고 있었던가요? 그런데 왜 이렇게 흥겹게 노는 대목을 넣어 두었는가가 궁금합니다. 그 까닭은 판소리 특유의 서사적 관습과 관련이 있습니다. 〈방아 타령〉은 심 봉사가 맹인 잔치에 참석하러 가는 여정을 담은 노정기(路程記)의 한 대목입니다. 부녀 상봉이라는 행복한 결말을 향해 나아가는 여정이 바로 심 봉사의 노정기인 것입니다. 그렇기에 뺑덕 어미가 도주하고 옷을 도둑맞아 비통한 분위기가 잠시 조성되기도 하지만, 그의 황성 여행길은 내내 흥겹습니다.

그런 분위기를 제대로 이해하려면 다른 판소리 작품과 견주어 볼 필요가 있습니

다. 노정기는 〈춘향가〉와 〈흥부가〉에도 들어 있습니다. 옥에 갇혀 고통을 겪는 춘향과 극한의 궁핍으로 절망에 빠진 흥부는 이 도령과 제비에게 각각 '구원'됩니다. 그리고 슬픔이 기쁨으로 전환되는 대목에 판소리 광대들은 이 도령과 제비의 노정기를 배치합니다. 이 도령은 서울에서 남원으로 춘향을 구하러 내려오고, 제비는 강남에서 조선으로 흥부를 도우러 건너오는 것입니다. 그리고 청중은 이 도령과 제비의 동반자가 되어, 때론 흥겨운 기분으로 때론 경쾌한 마음으로 춘향과 흥부를 찾아갑니다. 노정기를 으레 휘모리나 중중모리처럼 빠른 장단으로 짜는 것도 흥겨움을 더하기 위한 음악적 배려입니다. 심 봉사가 맹인 잔치에 참석하러 가는 여정도 크게 다르지 않습니다. 황후가 된 딸을 만나러 가는 길이니 체면을 잠시 접어 두더라도 크게 흠 잡힐 것 없습니다. 그리고 아낙네들과 잠시 농지거리를 섞어 〈방아 타령〉을 불러도 그를 지켜보는 관객은 마냥 즐거울 수 있습니다. 모두가 이 길이 부녀의 상봉으로 이어지는 길이라는 것을 알고 있기 때문입니다. 마음 편하게 너털웃음을 웃어도 좋을 때, 판소리 광대들은 이런 웃음 대목을 배치해 둔 것입니다.

　이처럼 《심청전》은 비통한 분위기뿐 아니라 골계적이고 해학적인 분위기도 뛰어난 작품입니다. 더욱이 다른 어떤 작품보다도 웃음의 빛깔이 다채롭습니다. 그렇기에 그것이 배치된 서사 맥락에 유의해서 읽어야 비로소 《심청전》의 참맛을 느낄 수 있습니다. 때론 어처구니없는 실소(失笑)로, 때론 풍자적인 비소(鼻笑)로, 때론 마음껏 웃을 수 있는 홍소(哄笑)로 나뉘는 각각의 웃음이 전체 서사와 어떤 맥락을 맺고 있는가를 이해하는 것은 그래서 중요합니다. 울고 웃는 것도 때와 장소가 있듯, 《심청전》에서의 웃음과 울음은 다른 어떤 작품보다도 절묘하게 배치되어 있기 때문입니다.

● 어둠에서 광명으로 전환, 그 축제적 결말

잘 알고 있는 것처럼, 《심청전》의 대단원은 맹인 잔치에서 이루어지는 심청과 심 봉사의 극적 재회입니다. 뻔히 아는 결말이건만, 그 장면은 언제 보아도 감동적입니다. 직

접 듣거나 읽어 보지 않은 사람은 동의하기 어려울지도 모르겠습니다. 익히 알고 있는 결말에 무슨 감동이 있겠냐고. 하지만 고전 소설의 독법은 독특한 국면이 있습니다. 요즘의 소설과는 달리 고전 소설은 결말이 어찌 될 것인가에 대한 호기심을 자극하는 데 공력을 들이지 않습니다. 그보다는 익히 알고 있는 줄거리를 따라가면서 예전에 받은 감동을 되새김질하게 만드는 데 노력을 기울입니다. 그 가운데서도 판소리 소설은 그런 추체험의 강도를 더욱 극적으로 끌어올리는 데 탁월한 솜씨를 보인 장르입니다. 감동적인 《심청전》의 결말을 볼까요.

심 봉사가 눈을 떠서 춤추고 노래하는 소리가 쩌렁쩌렁 울려 퍼지니 천하의 봉사들도 그 소리를 듣고 일시에 눈을 뜬다. 사흘 동안 잔치에 먼저 왔다가 돌아가는 봉사들은 집에서 눈을 뜨고, 길 위에서도 눈을 뜬다. 일어서다 눈 뜬 사람, 주저앉다 눈 뜬 사람, 울다 웃다 눈 뜬 사람, 일하다가 눈 뜬 사람, 놀다가 눈 뜬 사람, 자다 깨서 눈 뜬 사람, 하품하다 눈 뜬 사람, 기침하다 눈 뜬 사람, 코 풀다가 눈 뜬 사람, 방귀 뀌다 눈 뜬 사람. 온 나라의 봉사들이 제각각 눈을 뜨니 온 나라에 놀라는 소리가 또 한 번 떠들썩하다.

잔치에 온 소경, 잔치에 못 온 소경, 두 눈 감은 소경, 한 눈만 감은 소경, 젊은 소경, 늙은 소경, 어린 소경, 어미 배 속에 든 소경까지, 마치 오뉴월 장마에 둑 터지는 소리처럼 쩍쩍 소리를 내며 모두 다 눈을 뜨는데, 뺑덕 어미 꾀어내어 도망친 황 봉사만 눈 못 뜨고 이게 무슨 소린가 하고 앉았구나.

심 황후의 어진 덕으로 세상 천지에 눈먼 사람들이 모두 세상의 빛을 보니 여러 소경들도 노래하며 춤을 춘다.

심청의 어진 마음과 지극한 효성으로 부친은 물론 잔치에 참석한 모든 맹인이 눈을 뜨게 됩니다. 하늘을 나는 날짐승에게조차 은덕이 미칠 정도였지요. 앞의 장면을 읽고, 눈을 감은 채 가만히 상상해 보세요. 아마도 새로운 세상이 활짝 열리는 느낌을 받을 수 있을 것입니다. 그렇다면 심 봉사만이 아니라 모든 맹인이 눈을 뜨는《심청전》의 대단원은 광명의 세계를 꿈꾸던 민중의 염원에 대한 소설적 응답으로 읽어도 무방하겠습니다. 하지만 이런 광명의 세계가 고통스런 역경을 겪은 뒤에 맞이한 것임을 잊어서는 안 됩니다. 태어나자마자 어미와 아내를 잃은, 가련한 심청과 심 봉사는 참으로 혹독한 시련을 견뎌 내야만 했습니다. 그리고 그런 아픔을 처음부터 지켜보았던 까닭에, 우리는 맹인 잔치라는 대단원에 이르러 깊은 감동에 빠져들 수 있는 것입니다. 환희에 찬 《심청전》의 결말은 극한의 고통이 완벽하게 반전되며 만들어진 것인데, 작품은 그 전환의 지점을 참으로 절묘하게 그려 내고 있습니다.

> 심청이 마지못해 가마 위에 높이 앉으니 여러 시녀가 가마를 메고 여덟 선녀가 곁을 따르며, 바다의 장졸들이 늘어서서 호위한다. 이윽고 용궁의 음악이 울려 퍼지는데, 옥피리, 옥퉁소, 거문고, 비파 소리에 신비로운 격구 소리, 북소리가 더해지니 인간 세상의 음악과는 전혀 달랐다. 잠시 후에 수정궁에 다다르니, 신선과 선녀들이 심청을 보려고 좌우로 늘어서 있다. 태을진인은 학을 타고, 적송자는 구름을 타고, 이적선은 고래를 타고, 서왕모, 마고선녀, 낙포선녀 다 모였고, 청의동자, 홍의동자는 쌍쌍이 모여 있다. 고운 얼굴 화려한 의복에 신비한 향기가 풍기니 그 역시 인간 세상의 모습이 아니었다.

심청이 인당수에 몸을 던진 뒤, 남해 용왕이 심청을 용궁으로 모셔 놓고 화려한 잔치를 벌이는 대목입니다. 용궁은 심청이가 살아왔던 궁핍한 현실 세계와는 전혀 반대되는 별천지입니다.

그러면서 작품은 우리를 구질구질한 일상으로부터 완전히 다른 환상의 세계로 인도합니다. 이제 우리 모두는 여기에 이르러 새롭게 태어나고, 새롭게 시작합니다. 심청은 인당수에 투신함으로써 비루했던 예전의 모습을 모두 씻어 버리고 성스러운 여성으로 다시 살아나는 것입니다. 동해안 무당들이 심청을 여신으로 받들었던 것에는 이런 까닭도 있었습니다. 사실 우리 모두는 심청이 비록 죽었지만 하늘의 도움으로 다시 태어나기를 바랐고, 그래야 한다고 믿었습니다. 《심청전》은 그런 간절한 바람과 굳은 믿음을 소설적으로 완성시켜 주고 있는데, 그것이 바로 환생한 심청에 의해 전국의 봉사들이 눈을 뜨는 결말 대목입니다. 그곳에서 모든 사람은 암흑의 세계, 고난의 세계로부터 광명의 세계, 기쁨의 세계로 인도됩니다.

또한 《심청전》 결말의 축제적 분위기도 유의할 필요가 있습니다. 그곳은 춤과 노래가 어우러진 흥거운 잔치 자리입니다. 그리고 이런 결말 처리 방식은 《심청전》에서뿐만 아니라 다른 판소리 작품에서도 발견됩니다. 《춘향전》이 가장 잘 알려진 경우이지요. 이 도령과 춘향의 재회, 그리고 이 도령에 의해 구원받은 남원 부민의 기쁨은 한바탕의 춤판으로 마무리됩니다. 《심청전》도 그와 같습니다. 심청과 심 봉사의 극적인 해후, 그리고 기적과 같은 개안으로 기뻐 어쩔 줄 모르는 심 봉사의 춤과 노래! 두 사람의 기쁨은 급기야 전국 맹인들이 동참한 대규모의 축제로 확대됩니다. 어둠이 사라지고 환하게 밝아 오는 세상, 그건 암흑 속에 갇혀 지내야 했던 조선 후기 민중이 꿈꾸던 해방의 염원이었을 것입니다. 그런 염원이라면 지금의 우리도 간직하고 있으니 심청은 여전히 우리에게 구원의 여인이 아니겠습니까?

● 심청의 어리석은 효행에 대한 변명

많은 사람이 《심청전》을 읽으면서 '목숨을 버리면서까지 효를 실천하는 것이 올바른 선택인가?'라는 질문에 시달리곤 합니다. 눈먼 아비를 남겨 두고 죽는 것보다는 살아서 봉양하는 것이 옳지 않을까 하는 생각 때문입니다. 그럴 법합니다. 그런데도 그냥 글을 마무리하자니 뭔가 미진합니다. 그래서 죽음을 선택한 심청의 행위를 진정한 효라고 부를 수 있을까 다시 물어봅니다.

심청이 뱃머리에 서서 물결을 굽어본다. 태산 같은 파도가 뱃전을 두드리고, 풍랑은 우르르르 들이쳐 물거품이 북적인다. 심청이 물로 뛰어들려다가 겁이 나서 뒷걸음질치다가 뒤로 벌떡 자빠진다. 망연자실 앉았다가, 바람 맞은 사람처럼 이리 비틀 저리 비틀 뱃전으로 다가가서 다시 한 번 생각한다.

'내가 이리 겁을 내며 주저주저하는 것은 부친에 대한 정이 부족하기 때문이
라. 이래서야 자식 도리 되겠느냐?'
　마음을 다잡고서 치마폭을 뒤집어쓰고, 두 눈을 딱 감았다. 그리고는 뱃전으로
우루루루루 달려 나가 손 한 번 헤치고 넘실거리는 바닷속으로 몸을 던지면서,
　"아이고, 아버지! 나는 죽으오."
　뱃머리에서 거꾸러져 깊은 물로 풍덩.

　심청이가 인당수에 몸을 던지는 이 대목은 〈심청가〉의 '눈'이라 일컬어집니다. 그만
큼 감동적입니다. 그러나 진정 감동하게 되는 까닭은, 그녀가 죽는 순간까지도 인간임
을 포기하지 않았기 때문입니다. 죽음을 앞두고 두려움에 떠는, 그러나 다시 마음을
다잡아 바다에 몸을 던지는 그녀의 모습은 너무나 인간적이면서도 이내 평범한 우리
인간의 일상을 훌쩍 넘어서고 있는 것입니다.
　그렇다면 우리는 《심청전》의 주제인 효에 대해 다시 생각해 보아야 합니다. 우리는
심청이 남다른 효를 실천한 것이라 여깁니다. 하지만 심청은 수직적 이데올로기인 효
에 옥죄어 있던 인물이 아니었습니다. 심청이 15세라는 어린 나이에 인당수로 팔려 가
기까지, 처음에는 부친이 딸을 길러 내고 나중에는 딸이 부친을 봉양했습니다. 부녀
는 한마음, 한 몸이었던 것입니다. 그리고 보면 심청이 7~8세가 되자 구걸로 부친을
봉양하고 15세가 되어 부친을 위해 몸을 팔았던 행위는, 효라는 중세적 이념을 실천
해서 남들에게 보이려 했던 것이 아니었습니다. 그보다는 어린 자신을 키워 낸 눈먼
아비에 대한 인간적 보답, 아니 부녀간에 싹튼 정리(情理)로 이해할 수 있습니다. 죽음
을 앞둔 인간적 두려움에 대해, 뱃전에 선 그녀는 아비에 대한 '정(情)'이 부족해서 그
런 것이라고 말하지 않았던가요? 그런 그녀를 두고 효녀네, 아니네, 잘했네, 잘못했네
하고 따지는 것은 애초부터 잘못된 흠집 내기였는지도 모릅니다. 그렇습니다. 심청을
인당수로 기꺼이 가게 한 '자연스런 정리'는 남들에게 보이기 위한 '인위적인 효행'과는
하늘과 땅 차이만큼 달랐던 것입니다.

함께 읽기

심청이처럼 인당수에 빠져야 한다면?

● 《심청전》은 가난하지만 서로에게 의지하며 살던 심 봉사와 심청 부녀가 이별했다가 다시 만나는 이야기입니다. 그 과정에서 심 봉사와 심청이는 도움을 주는 사람들을 만나기도 하고 도움은커녕 피해를 주는 훼방꾼들을 만나기도 합니다. 심 봉사를 도와준 사람과 심청이를 도와준 사람을 등장 순서대로 모두 나열해 보고 몽은사 화주승과 남경 뱃사람들이 이야기 전개에 어떤 역할을 하는지 이야기해 봅시다.

● 심 봉사는 이야기 속에서 다양한 성격을 드러냅니다. 예의범절을 아는 선비이면서도 뻔뻔스러운 행동을 서슴치 않고, 딸을 정성껏 돌보는 아버지이면서도 무책임한 행동을 하기도 합니다. 우리는 모순된 면을 보여 주는 심 봉사를 통해 우리의 성격이 상황에 따라 달라지며 어느 하나로만 설명할 수 없는 복합성을 지니고 있다는 사실을 돌아보게 됩니다. 이처럼 각각의 장면마다 달라지는 심 봉사의 성격을 이야기해 봅시다.

● 심 봉사와 심청이는 서로를 목숨만큼 소중하게 여기는 부녀지간입니다. 심 봉사가 눈을 뜨고 싶었던 이유와 심청이가 아버지의 눈을 뜨게 하고 싶었던 이유에 대해 두 사람의 입장이 되어서 생각해 보고, 가장 절실하고 공감이 가는 이유를 이야기해 봅시다.

● 심청이는 인당수에 빠지는 고난을 견딘 후에 다시 살아나 황후가 되고, 그리던 아버지도 다시 만납니다. 우리가 즐겨 읽는 이야기들 중에는 주인공이 죽음과 맞먹는 고난을 극복하고 다시 일어서는 내용이 많습니다. 이런 이야기들은 고난이 인간을 성숙하게 하는 과정과, 고난을 겪은 사람이 전과는 다른 존재로 성장하게 되는 모습을 상징적으로 보여 줍니다. 주인공이 고난을 극복해 나가는 이야기들을 찾아 심청 이야기와 비교해 봅시다.

● 황후가 된 심청이는 아버지를 그리워하여 맹인 잔치를 열었습니다. 이 맹인 잔치는 과연 어떤 모습이었을까요? 전국 각지에서 모인 맹인들을 위해 어떤 잔치를 마련하면 좋을까요? 여러분이 이벤트 기획자가 되어서 맹인 잔치의 프로그램을 만들어 봅시다. 시각 장애인을 위한 프로그램 및 시각 장애인과 비장애인이 함께 어울릴 수 있는 프로그램을 다채롭게 꾸며 봅시다.

● 심청이가 인당수에 빠지는 순간, 화주승이 약속했던 것처럼 심 봉사가 눈을 떴다면 뒷이야기는 어떻게 달라질까요? 심 봉사와 심청이는 다시 만날 수 있었을까요? 심 봉사와 심청이가 만나지 못하는 결말과 다시 만나는 결말 중에 하나를 선택해 그런 결말이 될 수밖에 없는 이유와 그 결말에 이르는 과정을 상상해 봅시다.

참고 문헌

노대환·신병주, 《고전 소설 속 역사 여행》, 돌베개, 2005.

박혜범, 《원홍장과 심청전 − 심청전 그 배경에서 작가 추론까지》, 박이정, 2003.

송영복, 《마야》, 상지사, 2005.

신동원, 《호열자, 조선을 습격하다 − 몸과 의학의 한국사》, 역사비평사, 2004.

인천광역시 옹진군, 《심청전 배경지 고증》, 인천광역시 옹진군, 1998.

도움 주신 분들

고화정(영등포여자고등학교)

김아란(이현중학교)

왕지윤(경인여자고등학교)

이민수(서울 삼정중학교)

조현종(태릉고등학교)

국어시간에 고전읽기 **6**

심청전, 어두운 눈을 뜨니 온 세상이 장관이라

1판 1쇄 발행일 2006년 2월 25일
개정판 1쇄 발행일 2013년 10월 14일
개정판 11쇄 발행일 2024년 12월 2일

기획 전국국어교사모임
지은이 정출헌
그린이 배종숙

발행인 김학원
발행처 (주)휴머니스트출판그룹
출판등록 제313-2007-000007호(2007년 1월 5일)
주소 (03991) 서울시 마포구 동교로23길 76(연남동)
전화 02-335-4422 **팩스** 02-334-3427
저자·독자 서비스 humanist@humanistbooks.com
홈페이지 www.humanistbooks.com
유튜브 youtube.com/user/humanistma **포스트** post.naver.com/hmcv
페이스북 facebook.com/hmcv2001 **인스타그램** @humanist_insta

편집책임 문성환 **편집** 윤무재 **디자인** 김태형 유주현 림어소시에이션
스캔·출력 이희수 com. **용지** 화인페이퍼 **인쇄** 청아디앤피 **제본** 민성사

ⓒ 정출헌·배종숙, 2013

ISBN 978-89-5862-657-2 44810